湯けむりなびく
露天風呂♨
待っていたのは
色気たっぷりの…
さあ一緒に
入りましょ♥
ちゃぽ〜〜ん…
コミック◎ごまさとし

私も一緒にいいですか？
びゅくっ
もじ
もじ
佐伯
妹がまた増えてうれしいでしょ
興奮して先走ってるッ♥
きゃッ
元気ですね
お兄ちゃん
びゅーっ
びゅっ
びゅ

あんッ
びゅるっ
びゅっ
びゅっ
スゴイ！
ふあっ
びくびくん
あッ♡
びくびく
あゆみ
初めてなのに!!
プシャアアアアァ
ぴく
ぴく
ぴくっ

さあ次は私たちの番♥
くぱぁ…
くぱっ
すごかったです……
温泉で休んでもう一回戦ね
もう♥みんなHなんだから

いもうと温泉！
橘 真児
illustration ©ごまさとし
美少女文庫
FRANCE SHOIN

♨プロローグ
お兄ちゃんが欲しいの

冬の夜空に、満天の星——。

「はあー」

佐伯《さえき》あゆみは空を見あげ、感動のため息をついた。

(なんて綺麗なんだろう……)

心からそう思う。ひとつひとつの星が豆電球みたいにくっきりしており、その輝きは目に眩しいほど。天の川も英語の名前そのままに、ミルクを流したみたいだ。

以前住んでいたところは都会の真ん中で、夜空をあおいでも月以外なにも見えなかった。こんなにもたくさんの星があったということが、だから不思議でならない。じっと見ていると上下の感覚が危うくなって、空に落ちていきそうな心地がする。

そうやって星の瞬《またた》きにうっとりするあゆみは、中学一年生。そして、今は素っ裸だ。

年相応におとなしいふくらみの乳房も、われめの上にちょっとだけ淡いものの萌《も》える性器もあらわにしている。

彼女がいるのはもちろん屋外。夜だから景色が闇に溶けてわからないものの、周囲の山々はとっくに雪景色になっている。気温も氷点下に近い。

にもかかわらず平気でいられるのは、熱いぐらいのお湯につかっているからだ。ようするにそこは、露天風呂。

ここは『秘湯の宿さえき』。あゆみの両親が経営する温泉旅館だ。

秘湯の宿の名に相応《ふさわ》しく、山奥にその身を隠すようにして作られた質素な建物。家族や仲間連れなど小人数の団体なら、せいぜい四、五組。二十数人も泊まれば満員御礼というぐらいの小さな宿である。

母親の再婚に伴い、あゆみは半年前にこちらに引っ越してきた。そして母の桃華《ももか》は、新米女将《しんまいおかみ》として毎日忙しく働いている。

こんな綺麗な星空を眺めることができるという点では、ここに来てよかったなと思う。新しい父親も優しい。三年前、外に女をつくって出ていった実父のことなど、忘れさせてくれるぐらいに。

宿の従業員たちも、あゆみを可愛がってくれる。先代のときから働いている板長さんなど、経営者である父も一目置くほどに厳しい人だが、あゆみのことは自分の孫みたいに思っているらしい。あれこれ世話を焼き、声をかけてくれる。

だが、やはりここは、彼女にとって寂しい場所であった。

山を下ったところには、にぎやかな温泉街がある。大きな旅館やホテルが並び、観光施設も充実している。スキー場が近いこともあって、今の季節は書き入れ時だ。

あゆみのところも、同じ泉質の温泉である。源泉に近くて湯温が高く、質もいい。

けれど、山のなかで他に見るべきものはなく、よほどの秘湯マニアかへそ曲がりでもない限り、ここまで足を伸ばす者は稀《まれ》であった。

まあ、それは仕方ない。静かなところがいいからと、何度も訪れてくれるお客さんもいるのだから。近所に同い年ぐらいの子供がいないというのも、住んでいるところがそういう場所だからと諦めるしかない。

だが、あゆみは学校でも、友達と呼べる子がいなかった。

彼女の通う中学校は、温泉街のはずれにある。観光地でも田舎は田舎だから、学年二クラスという小規模校。仲良しグループも確立していて、都会から転校してきた彼女にとって、馴染むのは容易ではなかった。

これが、年度初めの転校であれば、まだよかったのだろう。だが、越してきたのが六月の終わりということもあって、環境に馴染む間もなく夏休みに突入してしまった。休み中は宿の手伝いに明け暮れる日々を過ごし、そうして二学期になってみれば、ますますクラスにとけこめなくなっていた。

そんな寂しい境遇を、あゆみのことを知る人は、無理もないと思うだろう。いや、よく知らなくても、彼女をひと目見るだけで納得するかもしれない。

湯気でしっとりと潤った黒髪は、肩甲骨のところまで垂れている。学校ではお下げにして左右の肩に垂らしているが、それがよく似合うに違いないと思わせるあどけない顔立ち。前髪に隠れそうなちょっぴり垂れ気味の眉に加え、黒目がちな瞳と、花びらのように愛らしい唇は、いかにも気弱げに映る。

今はお湯につかってそうなっているのであるが、普段でもなにかあるとすぐピンクに染まる頬も、恥ずかしがり屋という彼女の性格を如実に表わしていた。迷子の仔犬に喩《たと》えられそうな風貌は、ひと目見て男なら誰でも、いや女性でも、守ってあげたいと思わずにはいられないであろう。そして、これでは自分から集団のなかにとけこむことは困難に違いないと、心からうなずけるはず。

きょうだいがいればいいのにと、あゆみは思う。ひとりっ子だから、余計に人付き合いが苦手なのかもしれないとも。

母親の再婚に反対せず、「いい人がいたら、わたしのことは気にしないで再婚してもいいよ」と前々から言っていたのは、それできょうだいができるかもしれないと期待していたからだ。ところが、お見合いで知り合ったという今の父は初婚で、当てがはずれてしまった。こうなったら、あとは弟か妹ができるのを待つしかない。

（お父さんとママ、うまくやってるかな……）

そんなことを考えて、あゆみは頬を火照《ほて》らせた。

今は真夜中近く。こんな遅い時刻に露天風呂に来たのは、気兼ねなく夫婦生活を送ってもらうためだ。

宿の裏手にある離れが、家族の住まいである。あゆみの部屋と夫婦の寝室はもちろん別であるが、娘に気兼ねせず睦《むつ》み合えるほど広い家ではない。

だからときどきこうして、あゆみは両親に声をかけてから、夜中の露天風呂に出向いている。そのあいだに夫婦の絆を強く結んでもらいたいと、密かに願いながら。

「あ……」

星を眺めながら、あゆみが小さな声をもらす。小さな手がお湯のなかで、まだ幼い秘割れに触れていた。そこは早くも、お湯とは異なる温度のぬくみを滲《にじ》ませていた。

オナニーと呼べるような本格的な自己愛撫ではない。ただ気持ちいいところをまさぐって、ぼんやりとした快感を得るだけのものだ。行なうのも週に一、二回程度。

「ン……あ——」

われめの上部、フード状の包皮がわずかにはみだしたところ。そこを指頭でこねると、身体の底からジワジワと湧きあがってくる悦びがある。同時に、ちっちゃなポッチでしかない乳首も硬くなり、摘んで転がすと、気持ちよさが肌の表面を伝う。

そうやって拙《つたな》い自慰行為に耽《ふけ》りながら、新たな生命が誕生してくれることを願う。弟だろうか、妹だろうか。

(ホントは、お兄ちゃんが欲しいんだけど……)

快さにうっとりしながら思う。今となっては叶うはずもないことだけれど、諦めきれない。年上の優しい少年に甘えてみたいと、ずっと前から憧れていた。

おそらくそれは、従姉妹《いとこ》たちの影響であろう。近頃では疎遠になってしまったが、母方の伯母《おば》には娘がふたりいる。彼女たちに兄はいなかったが、隣りに住む年上の少年を実の兄のように慕い、そして可愛がられていた。その様子を、遊びにいったときに何度か目にしている。あゆみにはそれが、とても羨ましく感じられた。

(そう言えば、今はホントのお兄ちゃんになったって話だったよね)

従姉妹の隣家は母親がおらず、こちらもバツイチであった伯母がそこの父親と再婚したというのを、桃華から聞かされたのは三カ月も前だ。

(お隣りはたしか男の子と女の子で、そうすると四人きょうだいになったのか……にぎやかで楽しそうだなあ)

ひとりっ子の自分には、羨望の的である環境だ。あの少年も優しそうだったから、きっと今はみんなで仲良く暮らしているのだろう。

（いいなあ、沙由美《さゆみ》姉ちゃんと紗奈《さな》ちゃんは）

ほうとため息をついたあゆみは、いつの間にかひとり遊びをやめてしまっていた。まだオルガスムスを知らない処女は、貪欲に快感を求めたりしない。ひと息ついて両手でお湯をすくい、火照《ほて》って汗ばんだ顔をザブザブと洗う。ここの温泉独特の、ほんのり乳くさい匂いが鼻腔を満たした。

（沙由美姉ちゃんたち、お兄ちゃんを連れてこっちに遊びに来てくれないかな）

そうすれば自分も、従兄《いとこ》となったその少年を「お兄ちゃん」と呼び、甘えることができるだろう。

だが、姉妹の姉のほうは高校一年生だし、勉強も忙しいはず。妹のほうはまだ六年生だが、どっちにしろ、山奥の温泉なんて年寄りくさいところは好むまい。

（やっぱり無理か――）

あゆみは吹っ切るように、頭のてっぺんまでお湯につかった。それから顔を出し、濡れた髪をブルブルと振る。

ふと空をあおぐと、視界の端を流れ星がすっと掠めた。あゆみはすぐに両手を組み、祈るようにつぶやく。

「わたしもお兄ちゃんが欲しい――」

♨一の湯

いもうとバトル勃発？

1　抜け駆けはダメ

（——ああ、早く健兄ちゃんのオチン×ンが欲しい）

午前〇時。完成したばかりの渡り廊下を、藤村沙由美《ふじむらさゆみ》は足音を忍ばせて進んだ。

沙由美と紗奈の母である旧姓大橋泪華《おおはしるいか》と、お隣りの健太《けんた》と理緒《りお》の父親である藤村宏道《ふじむらひろみち》が再婚して、もう三カ月になる。今では夫婦に子供四人の大所帯だ。そのためひとつの家に固まるのは難しく、家族は藤村家と旧大橋家の二軒を行ったり来たりの生活であった。

しかしながら、いちいち外に出て玄関を通るのは、やはりわずらわしい。とりあえずということで両家のあいだに増築が進められていた渡り廊下が、ようやく今日できあがったのだ。

それを誰よりも喜んだのは沙由美であったろう。これからは、夜中にこそこそと玄関から出ていかなくてもすむのだから。

沙由美が向かっていたのは、兄である健太の部屋だ。十六歳の瑞々《みずみず》しい肢体を包むのは、つい最近買ったばかりのネグリジェ。ノーブラの乳房や、女らしくなったヒップにぴっちりと食いこむパンティもあらわに透かす極薄仕立て。外に出なくてすむから、こんな格好でもOKというのが嬉しい。気持ちが昂《たかぶ》って、彼女は十二月の凍えそうな夜気などものともしなかった。

自分の家にもかかわらず泥棒みたいに息を殺し、音をたてないように気をつけていたのは、深夜の訪問を他に気づかれないためであった。特に、健太の実妹の理緒にだけは。

お隣り同士、ずっと家族同然に付き合い、兄のように接してくれていたひとつ年上の健太が、母親の再婚によって本当の兄になった。彼のことが大好きだった沙由美にとって、それはとても喜ばしいこと。家族になって食事や団欒《だんらん》など、前よりも一緒にいる時間が増えたのだから。そして、いつかはもっと親密になりたいと願っていた。

忘れもしない、お祭りの日。神社で奉納の舞をする巫女役を務めた沙由美は、その姿のまま社《やしろ》の裏手で、大好きな健兄ちゃんにバージンを捧げようとした。ところが暗かったために、処女膣にではなくアヌスにペニスを挿《い》れられてしまった。それより以前のペッティングでお尻の穴を舐められ、肛門快楽に目覚めてアナルオナニーを頻繁にしていたせいもあったのだろう。

さらに誤算だったのは、中学二年生の理緒も、実の兄である健太を好きだったということだ。しかも彼女は同じく祭りの夜に、彼にバージンを捧げたという。

義妹と実妹による、兄をめぐっての争奪戦。文字通り骨肉の争いが勃発するところであったが、末っ子の紗奈にたしなめられ、結局みんなで仲良くしようということになった。なんと六年生の彼女も、すでに健太とペッティングをしていたということには驚かされたが。

沙由美は妹たちの協力で、無事健太にバージンを捧げられた。もっとも、最初に挿れられたところがお尻だったせいで、いまだにアナルセックスのほうがお気に入りだったりする。ともあれ、以来きょうだい仲良く、平和にやってきた。

お兄ちゃんを独り占めしたり、抜け駆けすることのないよう、妹たち三人は約束事を設けた。朝起こすのは、月木が沙由美で、火金が理緒、水土が紗奈というふうに。但し、目覚めさせる手段としてキスやフェラチオはいいけれど、本番エッチは無しという注意事項付きだ。そして日曜の朝は、三人がかりで起こすことになった。

夜のお相手は、沙由美と理緒が朝起こすのと同じ曜日で、紗奈は水曜日だけ。これは、紗奈がまだバージンだからである。そのぶん、健太から勉強を教わるのは、紗奈が優先的にということになっている。

そして土曜日の夜は、三人でお相手をする。年齢も発育状況も違う妹たちをまとめて相手にすることに、高校二年生の少年は興奮して、いつもより量も回数も倍以上、精液をほとばしらせた。これは、三人が競うように彼を求めるからでもあった。その日は深夜遅くまで戯《たわむ》れ合い、妹同士もレズプレイを愉しむ。

日曜の夜に誰も入っていないのは、一日ぐらい休ませてもらわないと身がもたないという、健太の要望を受け入れてのものである。その日は休姦日ということで、ゆっくり眠って翌日からに備えてもらうことになった。

今日はその日曜日。本来なら、誰も健太の部屋に忍びこんではいけないことになっている。にもかかわらず、沙由美が申し合わせを破っていたのは、彼女はこの一週間、健太とセックスができなかったためだ。なぜなら、生理中であったから。

(だいたい、あんな取り決め、もともとが不公平だったのよ——)

沙由美は生理が重い。生理痛もかなりあるし、出血の量も多い。期間は最低でも一週間はある。

そのあいだはセックスなどとても無理で、健太のモノにお口でご奉仕するぐらいしかできない。お返しの愛撫も、アソコは血まみれだから論外としても、おっぱいも張っていて痛い。せいぜい抱きしめて、いっぱいキスをしてもらうぐらいだ。

一方、理緒は出血もそんなにないらしい。期間も二、三日で終わってしまうとのこと。仮に二日目にぶつかっても、コンドームを着ければエッチも大丈夫だと言っていた。紗奈はまだ不規則のようだが、そもそもペッティングだけだから、生理はさほど問題にならない。

これだと不公平だから、機会が均等になるように曜日ではなく、たとえば週で割り振ってはどうかと沙由美は提案した。しかし、

『そんなことしたら、二週間もお兄ちゃんとエッチできなくなるじゃない。絶対無理。耐えられない！』

理緒にあっさりと却下されてしまった。

『だいたい、そういうときこそ、お尻でエッチすればいいんじゃないの?』

そうも言われたものの、それができたら苦労はないのだ。

沙由美とて、挿《い》れられるのは膣よりも肛門のほうが気持ちよくって好きなのだが、そちらを使うとなると、いろいろと準備が必要になる。

まず、切れ痔になったりしないよう、よくほぐさなければならない。そのためには、健太にアヌスを丹念に舐めてもらうことになる。それは彼もいやがらないし、むしろ喜んでしてくれるのであるが、やはり生理中はアソコの匂いが気になる。タンポンを使用すればアナルセックスはできないわけではないものの、できればその付近には顔

を近づけてもらいたくない。

おまけに、沙由美は生理になると便秘にもなる。しかも、かなりやっかいなやつに。アヌスを舐めてもらわずに、仮にローションなどを用いて挿入が遂げられたとしても、今度は抜いたペニスにウンチがついたり、抜去したはずみに漏らしたりする恐れがある。それも彼女が躊躇《ちゅうちょ》する理由であった。つまり、生理中は前も後ろも使用不可能ということだ。

昨日、四人でしたときも、生理は終わりかけていたもののアソコの匂いや、便秘でふくれたお腹が気になって、沙由美は積極的に加わることができなかった。そうして、理緒が健太に貫かれて派手なよがり声をあげるのを、指を咥《くわ》えて見ているしかなかったのだ。そのことも、彼女の不満をくすぶらせていた。

今日は生理も終わり、一週間ぶりに便秘も解消された。明日になれば健太のお相手ができるのだが、とても待ちきれない。というより、この一週間できなかったぶんを、今のうちに取りかえしておかねばならないと思ったのだ。

(でなくっちゃ、わたしばっかり不公平だもんね)

これは当然の権利なのだからと自らの行動を正当化し、沙由美は健太の部屋の前に辿り着いた。

(ああ、いよいよ――)

このドアの向こうに、愛するお兄ちゃんがいる。待ちきれなくて、早くもパンティの底がじっとりと湿ってきた。ドアノブに手をかけ、そっとまわす。

部屋のなかは暗い。健太はもう寝ているようだ。

沙由美は後ろ手でドアを閉めると、勝手知ったる兄の部屋に足を進めた。


夢を見ていた。

いや、それは現実にあったことが、夢という形で反復されただけだったのだろう。

——ほらお兄ちゃん、理緒のオマ×コ舐めて。

中学二年生の生意気な妹が、愛らしいお尻を顔の上に乗せてくる。ヨーグルトに似た発情臭を放つ恥唇が口もとに押しつけられ、呼吸が困難になる。

——健兄のオチン×ン、すっごく硬くなってるよ。

六年生の元気な末っ子が、モミジのような手を凶暴な肉器官に添える。早くも先走りを滲《にじ》ませる先端をチュッと吸われ、そこから甘い痺れがひろがる。

——健兄ちゃん、もっとお尻イジメてぇ。

ひとつ下の高校一年生の長女が、いちばん甘えた声ですり寄ってくる。ひとの手を勝手に拝借し、二本揃えた指を、自らの秘肛へと埋没させる。

——ああん、お尻が熱いのぉ。

括約筋が指をキュウキュウと締めつけるのに劣情を覚えたのは、そこにペニスを挿入したときの快感が甦ったからだろう。

三人の妹相手の、淫らな饗宴。週に一度のまさに酒池肉林《しゅちにくりん》だ。

加えて、他の曜日は日替わりでひとりひとりを相手にしている。おまけに朝も濃厚なフェラチオで起こされたりするものだから、日曜日の夜以外は射精三昧《ざんまい》。睾丸の休まるヒマもない。十七歳の、いくらヤリたい盛りの少年でも、さすがに近頃はバテ気味であった。

ところが妹たちは、快感を知れば知るほど貪欲になってくる。また、ほかのふたりへの対抗心もあってか、ちょっとやそっとでは許してくれない。

疲れているはずなのに、こんな夢まで見てしまうとは——と、健太はこれは夢であるということを、夢のなかで悟っていた。

せっかくなにもない日曜の夜。ゆっくり眠って英気を養いたいところ。夢精でもしたら大ごとだ。精液を無駄にしたくはない。

——ええい、消えろ。夢のなかにまで入ってくるな！

高まる快感ごと妹たちを振り払うと、まとわりついていたピチピチと若い（幼い）肉体が、霞《かすみ》のごとく消え失せた。

それで健太は夢から覚め、そのまま目も覚ました。

（なんだったんだ、今のは……）

まだ半覚醒のぼんやりした頭で考える。妹漬けの日々がすっかり当たり前になってしまい、なにもないときでも彼女たちを求めるようになってしまったのだろうか。

低血圧のせいか、健太はよほどのことでもない限り、すぐに起きるということができない。そうやってうつらうつらしたまま、二度寝に入ってしまうことも多い。だから毎朝妹たちに起こされるときも、朝勃《あさだ》ちのペニスをしゃぶられたり、顔面に恥唇を押しつけられたりと、好き放題にされてしまう。

まだ室内は暗い。頭も体も、睡眠が充分でないと訴えている。夜明けは何時間も先だろう。

再び甘美な眠りに就こうとした健太であったが、夢の快感がつづいていることにようやく気がついた。

「え？」

何者かが腰に抱きついている気配。そして、ペニスの先端が温かく濡れたところにひたっている。

自身を見おろし、暗がりでも掛け布団の中央が大きく盛りあがっているのを認めた健太は、焦ってそれを引っ剝《ぺ》がした。頭上のスタンドライトを点けてみれば、

「んあ、へんひーひゃん」

肉の強《こわ》ばりを口に入れたまま嬉しそうに目を細めたのは、夢のなかでそうしていた紗奈ではなく、姉の沙由美であった。

健太はいつの間にか、パジャマもトランクスも脱がされていた。剝き出しの脛《すね》に、むっちりしたヒップが乗っかっている。

「ちょっと、なにやって――」

叱ろうとしたとき、敏感な小帯をチロチロと舐めくすぐられる。健太は無様に「あうッ」と呻いた。

「ね、健兄ちゃん、わたしとエッチして」

唾液にたんまりと濡らされたペニスをしごきながら、沙由美がトロンとした眼差しで訴える。

「エッチって……沙由美ちゃんとするのは明日だろ?」

「違うの。これは、この一週間できなかったぶん。わたし、ずっと我慢してたんだからね」

言われて、生理中ということで、ずっと彼女を抱いてあげられなかったことを思いだす。健太にしてみれば、おかげで体力も温存できて、内心助かったと思っていたのであるが。

(あんな夢を見たのは、そのせいで物足りないと感じていたからなのかもしれない

ぞ）

夢のなかで、沙由美のアヌスに指を締めつけられたときの感覚が甦り、悩ましさを覚える。

「ね、いいでしょう?」

うずくまっていた沙由美が、身体を起こす。裸身を透かすセクシーなインナーを目にして、健太は劣情を覚えた。

（ああ、すごく色っぽいや）

普段は天然気味で、ふたりの妹たちよりも言動が幼く感じられることもあるぐらいだが、こうして見ると、肉体は艶めくほどに女であるとわかる。

「わたし、もうたまんなくなってるんだからね」

沙由美がうずうずと身を揺する。たしかにかたちよい乳房の頂上では、早くもポッチリと尖《とが》った乳頭が、薄布を高々と持ちあげていた。それに、醗酵《はっこう》したミルクのような、なまめかしいフェロモンも漂ってくる。

「ここ、もうこんなになってるんだよ」

ネグリジェの裾をめくりあげ、エッチな妹がパンティを脱ぎおろす。淡い秘毛の真下とクロッチのあいだに、細く粘っこい糸がきらめくのが見えた。

「健兄ちゃんのおしゃぶりしてただけで、すっごく濡れちゃったんだから」

頬を真っ赤にして、沙由美が恥割れを指でかきまわす。ヌチュクチュと卑猥《ひわい》な濡れ音がたち、少女の恥臭が生々しさを帯びた。

「いいよね、健兄ちゃん。わたしとして」

欲しくてたまらないという、可愛くて淫らなおねだり。憐憫《れんびん》と、それから欲望の両方に流され、健太はうなずいた。

「わかったよ」

沙由美の表情がパアッと明るくなる。幼い子供のように素直な反応だ。

「うれしいッ」

抱きついて、唇を重ねてくる。歯磨き後の清涼な吐息《といき》が口内を満たした。健太は煽《あお》られるように吸いたて、流れこむサラッとした唾液で喉を潤した。

「ね、このまま挿《い》れてもいい？」

気がつけば、沙由美は健太の腰をまたぎ、勃起の上で下腹をくねらせていた。

「も、我慢できないの」

泣きそうに瞳を潤ませるのが愛らしい。健太は笑みを浮かべて「いいよ」と答えた。

「じゃ——」

沙由美が、半脱ぎだったパンティを脚から抜く。それからふたりのあいだに手を差し入れ、硬く脈打つ屹立を握った。前屈みの姿勢で、濡れ割れの中心へと導く。

「今日はお尻じゃないのか?」

健太が訊ねると、沙由美は赤い頬をますます火照《ほて》らせた。

「それはあと。最初に前のほうでして、いっぱい濡らすの」

アナルセックス好きなのは相変わらずだが、回数を重ねるなかで、ノーマルなセックスのよさもわかってきたようだ。実際、浅くめりこんだ亀頭が温かな蜜にまみれるほどに、その部分を濡らしているのだから。

「健兄ちゃんのオチン×ン、わたしにちょうだい」

口早に告げ、沙由美は腰を落とした。

にゅぷン——。

挿入は呆気なく果たされた。内部も完全に発情していたようで、ペニスが熱さとヌメリにまみれる。

「あはぁン」

沙由美が背筋をまっすぐに立て、歓喜の声をもらす。柔襞がそれに応えるようにヌムヌムと蠢《うごめ》き、健太も「ああ」と喘いでのけ反った。

「すごい……健兄ちゃんの、いっぱいだよぉ」

「沙由美ちゃんのなかも……あ、気持ちいい」

「わたしも。やん、感じる」

「あまり声を出すなよ。理緒に気づかれるぞ」

「うん、うん、わかってるけどぉ」

沙由美はすぐに、腰を前後に振りだした。

「ああ、エッチって、どうしてこんなに気持ちいいのォ?」

ストレートな言葉をつぶやき、「うっ、うッ」と切なげに呻きをこぼす。

本当に、ずっと我慢していたのだろう。十六歳の膣は牡棒を歓迎するように締めつけ、快さを与えてくれる。

「んん、んんッ、あはあっ!」

よがりもますます大きくなる。

(声、だいじょうぶかな? ま、理緒はもう寝ちゃってるか)

部屋も廊下を挟んだ向かいだから、そこまでは聞こえまい。

「おれも気持ちいいよ。沙由美ちゃんのなか、いつもより熱い」

感動をありのままに伝えると、沙由美は「ああン」と恥じらいを浮かべた。それから、ふと思いだしたように、

「健兄ちゃん、わたしのことも呼び捨てにして」

縋《すが》る眼差しでお願いをする。

「え?」

「せっかく妹になったのに、いつまでも『ちゃん』づけなんてヘンだもの。ね、ふたりっきりのときだけでもいいから」

　もともとはお隣りに住む、幼なじみの女の子。長年のクセで、いまだに他人行儀な呼びかたをつづけていたのだ。もちろん実の妹である理緒のことは、ずっと呼び捨てにしていたから、彼女が『わたしのことも』と言ったのは、それを内心不公平だと感じていたからだろう。

（たしかに、みんな妹なんだものな）

　実のとか義理だとか、そんなものは関係ない。沙由美も理緒も紗奈も、三人とも可愛い妹なのだ。

「気持ちいいよ、沙由美」

　心をこめて呼びかけると、少女の顔がくしゃっと泣きだしそうに崩れた。

「うれしい……健兄ちゃん、大好き！」

　しがみついてキスを求める。差しこまれた小さな舌を、健太は慈しみをこめて吸ってあげた。

「ん……ンふ、ふぅ」

　互いの唇を貪《むさぼ》り、腰も絡め合う。淫靡《いんび》な一体感が体温を高め、冬にもかかわらず肌に汗を滲《にじ》ませる。薄手のネグリジェが、少女の湿った肌にぴったりと張りついた。

り感じるのだろう。

「ね、ね、お尻に挿《い》れてもいい？」
吐息《といき》をはずませながら、沙由美がおねだりをした。やはりアヌスに挿れるほうがよ

「ああ、いいよ。じゃ、舐めてあげるから、お尻をこっちに」
事前によくほぐさなければならないことはわかっている。ところが、沙由美は首を横に振った。

「ううん、いいの。なかも綺麗にして、ちゃんと準備してきたから……もう、すぐにでも挿れてほしかったんだもん」
言ってから、恥ずかしがって頰を染める。

（ああ、可愛いなあ）
まだあどけなさの感じられる彼女が、ひとりでどんなふうに準備をしたのかと、想像するだけで妖しい昂《たかぶ》りがこみあげる。

沙由美が上半身を起こし、そろそろと腰をあげる。淫液にまみれたペニスは膣からぬるんと抜け、物足りなさそうに頭を振った。再び少女の手でとらえられたそれが、わずかに距離を隔てたところの、小さなすぼまりに押し当てられる。

「ああ、ドキドキする」
上気した面持ちでつぶやき、沙由美は少しだけ表情を引き締めると、屹立の真上に

体重をかけた。

「あ、あッ、入ってくる」

膣ほどすんなりとではなかったものの、先端が肛穴の丸いシャッターを徐々に押し開く。そして、最も径の太い亀頭の裾野を乗り越えると、少女の直腸は肉槍を根元まで受け入れた。

「はふぅ――――ン」

沙由美が下から押しだされたみたいな、長い喘ぎを吐きだす。

「んあ……キツい」

健太も呻いた。括約筋が焦ったふうに、肉根をモグモグと締めつける。それにより、多大な悦びが生みだされる。

「ああん、やっぱりお尻が気持ちいいよぉ」

沙由美が臀部の筋肉を幾度もすぼめているのが、健太にもわかった。アヌスと膣はそれほど離れていないはずであるが、アナルセックスだと股間に乗っかるお尻のプリプリ感も際立つ。

「ね、わたしも動くから、健兄ちゃんも下から突いてぇ」

「わかった」

沙由美は、今度は上下運動で快感を求めだした。健太もそれに合わせて、真下から若いペニスを肛内に打ちこむ。

「うあっ、はッ、あ、いいよぉ」

沙由美が泣きそうなよがりをあげて、ペニスをキュウキュウと締める。心地よい圧迫感に、健太も性感を上昇させた。そのとき、

「なにやってるのよッ!!」

耳にキーンと響く声が空気を震わせた。同時に、室内の明かりが点けられる。

ハッとして戸口を見れば、いつの間にか開いていたドアのところ、パジャマ姿の理緒が仁王立ちになっていた。目を吊りあげ、唇をワナワナと震わせて。

（あ、まずい――）

あわてたものの、腰に乗っかった沙由美は、我関せずというふうに動こうとしない。そのため、健太はどうすることもできなかった。

「ふたりとも、すぐに離れて！」

再び理緒が大きな声をあげたのに、

「なによ、邪魔しないで！」

振りかえった沙由美は、憤慨《ふんがい》をあらわにした。いつもは理緒にやりこめられることも多いのだが、今は一歩も引かないぞという強気の態度を見せている。

もちろん理緒とて、そう簡単に怯《ひる》んだりしない。

「なにが邪魔よ。今夜は誰もなにもしない日でしょ？　ルール違反じゃない！」

妹に咎《とが》められたのに、沙由美は「ふん」とそっぽを向いた。

「だってわたしは生理で、ずっと健兄ちゃんとエッチできなかったんだもん。このぐらい大目に見てくれたっていいでしょ？」

「そんなのダメ！　ルールはルールなんだから。ちゃんと守ってくれないと、公平にならないじゃない」

「そうやって杓子定規《しゃくしじょうぎ》で決めちゃうから、かえって不公平になるのよ。現にわたしはこの一週間、健兄ちゃんとエッチできなかったのよ。ちゃんと個々の事情も勘案《かんあん》してもらわないと」

理路整然と言いかえされ、理緒は頭に血が昇ったらしかった。

「沙由美ちゃんのくせに、えらそうに言わないで！」

感情のままに、理不尽なことを口にする。

「それは言いすぎじゃないか？」

次女の発言を聞き咎め、健太は口を挟んだ。

「沙由美だってずっと我慢してたんだし、生理だったんだからしょうがないじゃないか。それに、『沙由美ちゃんのくせに』なんて言い方は感心しないな。理緒は沙由美の妹なんだから、お姉ちゃんにはそれ相応の敬意を払わないと」

「……沙由美?」

理緒が怪訝《けげん》な表情を見せる。これまで『ちゃん』づけで呼んでいたのが、いつの間にか呼び捨てになっていたのに戸惑ったのだろう。

そして、気の強い少女の目が、さらに急角度になる。

「なによなによよッ!! 健太まで沙由美ちゃんの肩を持つ気!?」

今度は理緒が健太を呼び捨てにした。もともと彼女はそんなふうに、兄を兄とも思わない態度でいたのである。けれど想いが通じ合ってからは、ふたりっきりや他に姉妹だけがいるときには、『お兄ちゃん』と呼んでいたのだ。呼び捨ては、理緒がそれだけ憤慨《ふんがい》していることの証しだった。

「だいたい、健太がそうやって節操なく勃起するからいけないんでしょ! ちょっとは我慢するってことができないの? この色情狂! エロ事師!! ×××!!!」

聞くに堪《た》えない罵詈雑言《ばりぞうごん》に、健太はやれやれとため息をついた。もっとも、妹のアヌスにペニスを突き立てた状態では、なにを言われても仕方なかったであろう。

(それにしても、なんでここまでムキになってるんだ、理緒のやつ?)

決して物わかりの悪い少女ではなかったはずなのに。

そのとき、

「ねえ、ボクもまぜてよ」

能天気な台詞《せりふ》とともに部屋に入ってきたのは、末っ子の紗奈だ。そして、彼女のほうを振りかえった三人は、唖然《あぜん》として言葉を失った。

六年生の少女は、ソックスと黄色いスクールハットだけというほぼ全裸体。おまけにどういうわけか、赤いランドセルをしょっていたのである。

「——な、ななな、なんてカッコしてるのよ!?」

ようやく我にかえった理緒が非難したのにも、紗奈は少しも悪びれなかった。

「だって、トイレに行こうとしたら、沙由美ちゃんがエロいカッコで夜這いに行くのが見えたんだもん。これは、ボクも負けてられないと思って」

色づきはじめたばかりというスレンダーボディを隠そうともせず、無邪気な笑みを浮かべる。裸エプロンならぬ裸ランドセル。マニアックなのにもほどがある。

「だいたい、なんだってランドセルなんか——!?」

「ああ、これ？　健兄、こういうのが好きなはずだから」

まわれ右をして身をくねらせ、ランドセルをカタカタ揺らす。ついでにあどけないお尻もプリプリとはずむ。

謂《いわ》れのない趣味嗜好を決めつけられ、ムッとした健太であったが、再び正面を向いた紗奈の秘部に（あれ？）と思った。腿の付け根が綺麗なＹの字をつくる中心、そこにはたしかひとつまみほどの恥毛があったはず。それが、今は影もかたちもない。くっきりしたわれめが見えるだけだ。

「ちょっと紗奈。あんた、毛──」

理緒も気がついたのか、その部分を指差す。

「陰毛のこと？　剃《そ》っちゃった」

健太のほうに流し目を送り、紗奈が意味ありげな笑みを浮かべた。

「健兄は、こういうのも好きなんだよね」

あどけない眼差しに、わずかに淫蕩《いんとう》な光がきらめく。

まがう方なきロリータからロリコン扱いされ、そんなことはないと否定しようとした健太であったが、

「やっぱり……」

理緒が放心したようにつぶやいたものだから、出鼻をくじかれてガクッとなった。

(なんだよ、やっぱりって⁉)

紗奈といい理緒といい、どうかしている。ここは兄としてきっちり言わねばならないと思ったものの、

「──だったら、勝手にすれば⁉」

突如理緒が、怒り心頭という声を張りあげた。健太をギッと睨みつけ、

「健太のロリコン！　犯罪予備軍‼　××××××!!!」

またも文字にできない悪口雑言をぶちまけると、踵《きびす》をかえし、荒々しい足取りで部屋を出ていった。

2　お悩み中

月曜日の朝から、藤村家の食卓はギスギスしていた。

「どうしたの？　ふたりして怖い顔しちゃって」

汨華が困惑をあらわにする。彼女の視線の先にいるのは、長女の沙由美と次女の理緒。ふたりとも仏頂面で、トーストを齧《かじ》りながら互いにそっぽを向き、視線を合わせようともしない。

「ねえ、なにかあったの？」

涼しい顔でスクランブルエッグを口に運んでいた末っ子の紗奈は、母親に訊かれたことに、

「さあ。喧嘩でもしたんじゃないの？」

のほほんと答えたものの、理緒に横目で睨まれて首をすくめた。

「やあね。朝っぱらからきょうだい喧嘩なんて」

汨華がやれやれと肩をすくめる。

「いいじゃないか。喧嘩するほど仲がいいって言うだろう」

宏道が父親らしく鷹揚《おうよう》に、というより呑気に構えて言う。

「ま、いざとなったら、妹たちの面倒は長男がみてくれるさ」

いきなり矛先《ほこさき》を向けられ、健太はあやうくミニトマトを丸呑みし、喉につめるところであった。

(んな勝手な話があるかよ――)

高みの見物を決めこむ父親に腹を立てたものの、そもそもふたりの諍《いさか》いは、健太にも責任があるのだ。やっぱり自分がなんとかしなければなるまい。

昨夜は理緒の剣幕に圧倒され、すっかり気をそがれてしまった。それ以上行為をつづける気にもならず、健太と沙由美はアナルセックスを中止した。紗奈は、『だったらボクがペッティングするぅ』と乗り気であったが、あんな状況でランドセルプレイに及ぶ気にもなれず、ふたりとも引きとってもらった。中途半端なままの欲望も行き場がなく、オナニーもしないで寝たのである。

今朝も、沙由美はちゃんと起こしに来てくれたものの、ただ体を揺するだけのおとなしい起こし方だった。いつものように朝勃《だ》ちのペニスをしゃぶることもしない。まだ理緒との喧嘩を引きずっているのかと思ったものの、そればかりでもないふうに遠慮がちだったのが気になった。

そうして朝食の席でも理緒は不機嫌なままだし、紗奈は妙にニヤニヤしている。

(どうも紗奈ちゃん、なにか誤解してるみたいなんだよなあ)

なぜ彼女からロリコン呼ばわりされねばならないのか、それがわからない。

ともあれ、きょうだい仲良くやっていくためにも、それぞれとちゃんと話をしなければならないだろう。父に言われるまでもなく、兄の務めとして。

(まずは沙由美ちゃんかな)

とりあえず今日の昼休みにでもと、健太はひとりうなずいた。


「どしたの、理緒。次、体育だよ」

肩を叩かれ、ぼんやりしていた理緒はようやく我にかえった。振りあおぐと、クラスメイトの松苗早紀子《まつなえさきこ》が怪訝《けげん》そうな表情を向けていた。

「あ、うん」

ロッカーから体操着の入ったバッグを取りだし、早紀子と一緒に体育館の更衣室に向かう。その間も、理緒はずっと言葉少なであった。

「どうしちゃったの？　朝からずっとヘンみたいだけど。サバにでもあたったの？」

着替えながら、早紀子が訊ねる。毎度のことではあるが、突拍子もないことを口にする友人を、

「んなわけないでしょ」

理緒は眉をひそめて睨みつけた。

「冬だからって油断してると、けっこう腐ったものを食べたりするからね」

「どうあっても食中毒にしたいわけ？　べつにいつもと同じだってば」

「そっかなあ。でもなんか、昔の理緒に戻った感じがあるんだけど」

「なによ、昔の理緒って!?」

「ほら、前ってあんた、アツアツのおでんみたく、さわったらヤケドするぜみたいなところあったじゃない」

「ひとをハンペンと一緒にしないでよ」

「まあ、今は使い捨てカイロみたく、けっこう穏やかな人間になったけど」

相変わらず要領を得ない喩《たと》えをする少女だ。

だが、たしかに早紀子の言う通りで、かつての理緒は口を開けば毒舌と皮肉と罵倒ばかりというほどに荒《すさ》んでいた。

理緒は勉強も運動も、その他大概のことはなんでも人より優れている。おまけに可愛くてスタイルもいい。そんなパーフェクトな美少女に手ひどく罵られれば、傷つかずにいられるはずがない。だから彼女はまわりから、ずっと敬遠されていた。

理緒がそんなふうだったのは、ひとえに健太への恋慕ゆえであった。実の兄への抗い難い感情に、どうせ叶うことなどないのだからと、自身が徹底的に嫌われることであきらめようとした。それで誰に対しても、いやな女の子を演じていたのだ。

けれど泪華の励ましもあって、無事健太と想いを通じ合わせることができた。だからもう、そんなフリをする必要はなくなったのである。

しかし、すぐに手のひらをかえすようなマネを、理緒はできなかった。自分の感情を他に伝えることに関しては不器用なせいもあったし、長年のクセが染みついていたということもある。それで、いまだにとっつきにくい少女であったのだ。親しく声をかけてくれるのも、早紀子を入れてほんの数人というところではないか。

もっとも早紀子は、理緒がナイフみたいに尖《とが》っていたときから、気を置かずに付き合ってくれていた。それこそ、紗奈が本当の姉妹になる前から、『理緒姉』と呼んで慕っていたみたいに。

今も言いまわしはともかく、本当に心配してくれているのだとわかる。自分のことを理解してくれるのは、早紀子だけかもしれないとすら思う。だからと言って、自身を取り巻く状況のすべてを打ち明けることはできなかったが。

昨夜、沙由美たちとやり合ったのを思いだし、理緒はやるせなさに囚われながらブラウスを脱いだ。そこでいきなり、背後から乳房をわしづかみにされる。

「キャッ！」

盛大な悲鳴をあげた理緒に、クラスメイトたちが何事かと振りかえった。

「ちょっと、早紀子——やめてよっ!!」

痴漢まがいの不埒《ふらち》な行ないをしたのは、最も仲がいいはずの少女であった。

「うん。また育ってるね」

手に余るふくらみの感触を遠慮なく味わってから、早紀子はようやく手をはずした。

「なにすんのよ、バカ！」

目を吊りあげて憤慨《ふんがい》する理緒にも、少しも怯《ひる》まない。

「理緒のおっぱい、ワンサイズ以上大きくなってるかな。それなのにブラは前のまんまなんてねえ。スポブラだからなんとか収まってるけれど、ちゃんとサイズの合ったものを着けたほうがいいよ。でないと、おっぱいがかわいそうだから」

「大きなお世話よ!!」

「大きいのはお世話じゃなくて、理緒のおっぱいのほうでしょ」

「バカ、痴漢、変態、ドスケベ！」

「やれやれ、動揺してる。いつもの理緒なら、そんな小学生みたいな悪口言わないはずだもの。もっと辛辣だよね」

あきれ顔で肩をすくめられ、理緒はハッとして口をつぐんだ。たしかに早紀子の言う通りであったからだ。

「おっぱいも大切な身体の一部なんだから、もっと大事にしてあげなくっちゃ。かたちが崩れたりしたら、誰からもモミモミしてもらえなくなるよ」

「そんなこと、あんたには関係ないでしょ⁉」

「あるわよ。あたしだって、どうせ揉むならかたちのいいおっぱいがいいもの」

「あんたが揉むのかよ」

「乳揉みからはじまる女の友情ってね」

そんな友情、ドブに捨ててやると思ったものの、ここ二カ月ほどで大きく育った乳房が、理緒の悩みのタネであるのは事実であった。

(やっぱり、お兄ちゃんとエッチしたから――)

何度もセックスして、そのときには頻繁に揉まれている。それで成長したのかもしれない。早紀子の見立て通り、今ではEかFカップというところか。

女として魅力的なカラダでありたいと、マセたことを考える理緒であったが、それはあくまでも好きな人にとって魅力的ということ。いくらプロポーションがよくなっても、相手の好みに合わなければなんの意味もない。

(お兄ちゃんはこんなおっぱい……嫌いなんだよね)

初体験の翌日、健太と二回目の行為に及んだとき、求められるままに彼のペニスを胸の谷間で挟み、しごいてあげた。射精にも導き、喜んでもらえたと思っていた。けれどあれは、興味本位で求めただけなのに違いない。なぜなら、パイズリをしたのはあの一度だけで、健太は二度と要求しなかったから。

（お兄ちゃんが好きなのは、もっと子供らしいおっぱいだもの……紗奈のみたいな。性格だって、沙由美ちゃんみたいにおとなしくて素直な子がいいんだよね）

だから約束を破って訪れた沙由美のことも、受け入れたのではないか。それに、紗奈があんな格好をしてたのにも、鼻の下を伸ばしていたようであったし。

そうに違いないと確信するのは、やはりあんなものを発見したからだ。健太の隠れた趣味を明らかにする、証拠の数々。

「——ロリコンだって」

ふいに後方から耳に入ってきた言葉に、理緒はビクッとなった。

「なによッ!?」

血相を変えて振りかえると、その言葉を発した少女が、呆気にとられたふうに表情を強《こわ》ばらせた。

「なんの話をしてたの!?」

理緒につめ寄られ、彼女は泣きそうになりながら、

「あの……タクローが離婚したって——ギャラックスの」

狼狽《ろうばい》気味に答えた。

「ギャラ——」

それが幅広い層に人気を誇るロックバンドで、タクローというのがボーカルであることをすぐに思いだす。

(タクロー……リコン——)

そして、自身の勘違いにも気がつき、頰がカッと熱くなった。

「ごめん、なんでもない」

理緒はすぐに踵《きびす》をかえし、元の場所に戻った。

「藤村さんもギャラックスのファンなのかな?」

そんな囁《ささや》き声を聞きながら、ますます羞恥に苛《さいな》まれる。

「どうしちゃったのよ、いったい?」

早紀子に問われても、理緒は彼女に顔を向けることすらできなかった。

3 屋上えっち

「えええええーッ!?」

昼休みの屋上で、健太は突拍子もない声をあげた。

給水施設の壁際。コンクリートの出っぱりに並んで腰かけ、いつものように沙由美とふたりでお弁当を食べていたときのことだ。

「ど、どどどど、どうしておれがロリコンなんだよ⁉」

「だって、紗奈が……」

沙由美がベソかき顔で上目づかいになる。

今朝、彼女の様子がおかしかったのも、昨夜紗奈から健太がロリコンであると教えられたからであるらしい。自分はもう十六歳だし、愛される資格がないのかと、それで落ちこんでいたというのだ。

（ったく、冗談じゃないよ……）

紗奈が自分のことをそんなふうに誤解しているのはわかっていたが、まさか沙由美まで真に受けているとは思わなかった。

「だいたい、紗奈ちゃんはなんだってそんなふうに決めつけるんだ？」

祭りで子供神輿《こどもみこし》をかついだ紗奈から、前をはだけた法被《はっぴ》に褌《ふんどし》だけというマニアックなスタイルで誘惑され、興奮させられたのは事実だ。しかし、それだけでロリコンだと決めつけているのだろうか。普段だって、六年生の彼女だけを特別扱いしていることはないはずなのに。

「紗奈は、ちゃんと証拠があるって言ってたわ」

「証拠って？」

「そこまでは教えてくれなかったけど……」

ということは、ロリコンと決めつける理由があるということだ。もっとも、健太には皆目見当がつかなかった。

（ひょっとしたら、理緒もその証拠とかいうやつを見たんじゃないか）

だから昨夜、『やっぱり……』なんて反応をしたのではないか。

とにかく誤解をとかねばと、健太は沙由美に言って聞かせた。

「紗奈ちゃんがどうしてそんなことを言ったのかわからないけど、それは誤解だよ。おれはべつにロリコンじゃないし、そりゃ、紗奈ちゃんのことは可愛いと思うけど、小さい子なら誰でもいいってわけじゃない」

「……本当に？」

「ああ。それに、沙由美ちゃんのことも、大好きなんだから」

沙由美の頬がポッと赤くなり、表情にも安堵《あんど》が浮かんだ。

「よかった」

瞳を潤ませての笑顔は、胸がきゅんとなるほどに愛らしい。

（可愛いなあ）

制服姿に昨晩の大胆なナイティがダブり、悩ましさもこみあげる。それが面《おもて》に出たのだろうか。

「なに?」

沙由美がモジモジと、恥ずかしそうに身を揺すった。

「あ、いや……」

影響され、健太もおかしな気分になる。

そうやってあとは無口になり、沙由美が母親と一緒につめたお弁当を黙々と口に運ぶ。ほぼ同時に食べ終えたところで、

「やっぱり、前のがよかったかも……」

沙由美がポツリとつぶやいた。

「え?」

「ほら、前は——パパとママが再婚する前は、健兄ちゃん、お昼はずっとパンだったじゃない。それで、わたしがおかずを分けてあげてたでしょ?」

「ああ、そうだったな」

「今はこうやって、一緒にお弁当が食べられて、わたしがつめたのを健兄ちゃんにも食べてもらえるのは嬉しいんだけど……」

そこまで言って口ごもった沙由美に、健太は彼女がなにを言いたいのかすぐに理解した。かつては手ずから卵焼きだのウインナーだのを食べさせてあげていたのができなくなり、それが物足りないのだろう。

「同じ箸が使えなくて、間接キスができないからつまらないとか?」

冗談めかして告げると、沙由美は真っ赤になり、けれどコクリとうなずいた。おかげで話を振ったほうが、気まずさにうろたえることになる。

(たかが間接キスぐらいで……今じゃもっとすごいことまでしているのに)

こんなことで恥ずかしがるというのが理解できない。女の子というのは、いついかなるときでもロマンチックなのだろうか。

居たたまれなさを覚え、健太がふと首を伸ばして向こう側をうかがえば、さっきまでちらほら見えていた人影が、屋上から消えていた。まあ、十二月も半ばを過ぎ、いくら暖冬でもこんな寒い時季に、ここまであがってくるほうが珍しいのである。

もっとも、今日は冬には珍しく暖かな陽が射していた。それに、ふたりのいる場所は給水施設の建物の陰で、風が少しも当たらない。壁面の三分の一近くを占めるダクトからは、モーターの唸りとともにわずかだが熱気ももれている。その近くにいるぶんには、さほど寒い思いをせずにすんだ。

とはいえ、そろそろ教室に戻ったほうがいいだろう。空の弁当箱をハンカチで包み、それじゃ行こうかと声をかけようとしたとき、沙由美が突然思いつめた眼差しを向けてきた。

「ね、健兄ちゃん……しよ」

赤く染まったほっぺたに、潤んだ瞳。あどけなさのなかに潜んだ色っぽさに、言葉を失う。

「——え、なにを？」

間をはずした問いかえしに、沙由美も返答につまった。けれど思いきったふうにピンクに艶めく唇を開き、

「ゆうべのつづき——」

それだけ口にして、「やん」と恥じらう。もちろんなんのことかなんて、考えるまでもない。

（つづきって……アナルセックス!?）

それともノーマルなほうなのか。どっちにしろ、こんなところでしていいような行為ではない。

（ホント、女の子ってわかんないや）

間接キス程度で恥じらいをあらわにしたと思ったら、今度は大胆な要請。万華鏡で覗いた景色みたいにくるくると変わって、つかみどころがない。

「ここでするの？」

「うん」

「今!?」

「そうだけど……ダメ？」

「いや、でも、どうせ今夜は沙由美ちゃんと――」

「それは今夜のぶんでしょ？　わたしが言ってるのは昨日のぶん。ううん、先週全然できなかったぶん」

健太のロリコン疑惑が晴れて安心し、それで欲しくなったのだろうか。ともあれ、期待に輝く瞳はすっかりその気モードになっており、今にもパンティを脱ぎだしそうな気配すらある。

「いや、でも……」

健太が逡巡したのは、いくら屋上とはいえ、ここが校内であるからだ。たしかに初めて沙由美の性器を目にし、そこに舌をつけたのはこの場所である。しかし、今の彼女が求めているのは、それ以上に肉欲にまみれた行為。

「ね、お願い、健兄ちゃん」

ただおねだりするだけでは埒《らち》が明かないと思ったのか、沙由美はいきなり抱きついてきた。そうして年上の少年の唇を奪う。

「う――」

ほんのりサラダドレッシングの風味がする少女の唇は、ぷにぷにして柔らか。はずむ吐息《といき》も甘酸っぱい。冬の制服の上からでも明らかな、女らしさをみっちりつめこんだ肉体で密着されれば、若い情熱はたちまち反応する。

(あんなことまでしたのに、おれもゆうべは精液を出さなかったんだよな)

そんなことを考えるなり、股間のモノが血液を集め、膨張をはじめた。それがしなやかな手指でくるみこまれる。

「ほら、健兄ちゃんの、こんなに元気になってる」

いったん唇をはずして悪戯《いたずら》っぽい目で笑い、沙由美はズボン越しに牡の高まりを愛撫しながら、またくちづけを求めた。

(ええい、どうにでもなれ)

健太も彼女の背中に手をまわし、柔らかな身体を抱きしめた。舌先でチロチロとくすぐり合うキスを交わしながら、下降させた手でスカートからはみだした太腿を撫でる。やはり寒いのか、そこはひんやりしてわずかに鳥肌が立っていた。

(こんなところじゃ、脱ぐわけにもいかないな)

肌を晒すのは最小限。着衣のまま結ばれるしかないだろう。それもなかなかにそそられるシチュエーションではある。

沙由美の手がファスナーをおろし、内部に侵入してくる。健太の手もスカートの奥、薄い下着に守られたところを探った。そちらはいくらか体温を保っており、コットンに包まれたぷりっとした尻肉を揉んでやると、悩ましげに身をくねらせる。

トランクス越しの愛撫で、ペニスは完全にそそり立って先露をこぼす。そして少女の中心も、蒸れたように熱くなった。

「ン——はぁん」

クロッチの食いこんだわれめをなぞられ、沙由美が腰から下をワナワナと震わせる。

「沙由美ちゃんのここ、もう熱くなってる」

感動をこめて告げると、「ヤダぁ」と泣きべそ声があがった。

「健兄ちゃんのだってぇ」

苦労して前開きからつかみだされた肉根は、冷えた外気に晒されても熱を失わず、雄々しく脈打った。

「ああ、こんなにおっきくなって」

欲しくてたまらないという、情愛のこもった手つきでしごかれる。健太も息をはずませ、腰をよじった。

「ね、ちょっと待って。パンツ脱ぐから」

矢も楯もたまらずというふうに、一度身を離した沙由美はスカートの下に手を入れ、純白のパンティを脱ぎおろした。小さく丸まったものをポケットに入れてから、出っぱりに腰かけた健太の膝を、向かい合ってまたぐ。これでふたりとも性器は丸見え。互いの中心に手を伸ばし、快感を与え合う。

「健兄ちゃんのオチン×ン、すごいよ。硬くなって、お汁もいっぱいこぼしてる」

「沙由美ちゃんのだって。ほら、クチュクチュいってる」

「やあん。だって、健兄ちゃんの指が気持ちいいんだもん」

指を相手の吐液で濡らし、そのヌメリを利用して敏感な部位を責める。健太はクリトリスを、沙由美は頭部の粘膜とくびれを。

「ああ、あ、クリちゃん感じる」

「沙由美ちゃんもじょうずだよ。気持ちよくて、もうイッちゃいそうだ」

「やんやん、まだダメなのぉ」

駄々をこねた沙由美が、屹立の根元をギュッと握る。息づかいを荒くしながら、健太にくちづけた。

ちゅぱちゅぱと吸いねぶる激しいキスで、いっそう情欲の焔《ほむら》を燃えあがらせる。制服姿のふたりは、もはや肉体を深く結びつけずにはいられないというところまで高まっていた。

「これ、どっちに挿《い》れたいの?」

唾液に濡らされた口で急いて問いかけると、沙由美はちょっと考えてから、

「えと、最初はアソコで」

答えてから、ポッと頬を染める。最終的にアヌスに受け入れるにせよ、まずはよく

濡らしてからと考えたのだろう。ならばと、そのまま対面座位で結合しようとしたものの、健太は壁を背にしているから、うまくいきそうにない。

「沙由美ちゃん、こっちにお尻を向けて」

健太に言われて、彼女もすぐにどうすべきか悟ったらしい。まわれ右をして、スカートを腰までめくりあげた。

あらわになる、ぷりんと愛らしいヒップ。最初の頃より肉づきがよくなったかに見えるのは、おそらく気のせいではないのだろう。セックスをすることで、少女の肉体が女として開花してきたのだ。

健太は脚を大きく開き、そのあいだに沙由美を迎え入れた。彼女には結合する部分が見えないから、ここは自分がリードするしかない。

「もうちょっとお尻を上向きにして……うん、そのまま後ろに」

やはり見えないから不安なのか、沙由美はへっぴり腰のおっかなびっくりで後ろにさがる。それでも健太に臀部を開かれ、ペニスの先端がわれめに食いこむと、艶めく尻肌を期待でブルッと震わせた。

「いいよ。このままさがってごらん」

逆ハート型の丸みがそろそろと距離をつめてくる。亀頭が恥裂を押しひろげ、粘膜同士が密着する。

（ああ、温かい）

早く全体を包まれたいと気が逸る。筋張った棹を握って角度を調節し、先端が入り口をとらえるなり、たっぷりと潤滑されていたおかげで、頭部の半分近くまでがやすやすと蜜窟に呑みこまれた。

「あ、入ってくるぅ」

制服の背中がわずかに弓なりになる。桃尻にパァッと鳥肌がひろがった。

もう大丈夫だろうと、健太は沙由美の腰をつかむと、一気に引き寄せた。

「はあああッ！」

感に堪えない悲鳴があがった。硬直が少女の膣を貫き、熱さと締めつけを浴びる。

（あ、気持ちいい——）

ストレートな感動がこみあげる。ペニスが柔襞に包まれて快いばかりではない。彼女とひとつになれたという、心情的な喜びもある。

健太は沙由美の上体を起こさせると、後ろから抱きしめた。制服越しに、たわわに育った乳房を揉む。

「あ、健兄ちゃぁん」

はふはふと吐息《といき》をはずませ、少女が尻をくねらせる。せっかく挿入した肉茎が抜けそうになり、健太は腰を反らせて膣奥を突いた。

「あひッ」

沙由美の身体も反りかえる。

「それ、気持ちいい……」

泣くような声で告げられ、ならばもっとしてあげようと思うものの、健太は腰かけているからうまく抽送ができない。

「沙由美ちゃん、動いてみて」

要請すると、彼女は「う、うん」と心もとなげにうなずき、小刻みにヒップを上下させた。

「あ、あっ、感じる」

声を震わせ、中腰の姿勢で手脚をワナワナと震わせる。

間もなくコツをつかんだらしく、沙由美の動きがリズミカルになった。お気に入りの角度を見つけたのか、やや前屈みになって臀部をぶつけてくる。

ぬッ、にゅチユ、じゅニユッ——。

臀裂の切れこみに見え隠れする肉根が、ヌメリにまみれて淫靡《いんび》な色合いを示しだす。そこからこぼれる濡れ音も、胸を妖しくザワめかせる。

「ん、あっ、はッ、あん、はふ」

沙由美の喘ぎもはずみ、気がつけば吐く息が白い。いつの間にか空を覆っていた雲

が濃い鉛色《なまり》になり、かなり冷えこんできた。

もっとも、汗ばむほどセックスに夢中のふたりには、それは大した問題ではない。

（うう、ヤバいかも……）

感じるほどに締まりをきつくする秘腔に磨きあげられ、健太はかなりのところまで上昇した。それでも歯を食いしばって耐えていたのは、一週間もセックスを我慢してきた健気《けなげ》な妹を満足させてあげたいという一心からだった。

「沙由美ちゃん、このままでいいの？　それとも、お尻に？」

問いかけると、彼女は動きをとめた。ハァハァと息を荒らげているのは、不安定な姿勢でずっと動きっぱなしだったせいだろう。

「今は……おま×こでいい」

告げられた言葉にドキッとする。沙由美がそんなはしたない単語を口にするのなど、初めてではないだろうか。

では、このままの体位でフィニッシュまでいくのかと思ったものの、彼女はヒップをゆっくりと持ちあげた。

ツぷ――。

小さな音をたてて膣から抜けたペニスが、淫蜜に濡れた頭部を前後に振る。沙由美はまわれ右をすると、再び健太の膝をまたいだ。

「健兄ちゃん、チュウして」

甘えた声でのおねだり。瞳が思いつめたふうな輝きを放っているのに気圧《けお》されつつ、健太はすり寄る身体を抱きしめ、唇を交わした。

(ずっと背中を向けていたから、寂しかったのかもな)

縋《すが》るように舌を絡めてくる情熱的なキスから、そうに違いないと確信する。健太は唇が離れると、「沙由美——」と、想いをこめて呼びかけた。

「うれしい、健兄ちゃん」

またくちづけながら、自らの愛液に濡れた肉茎を握ってくる。今にも破裂しそうに脈動しているのに、

「健兄ちゃん、もう出そうなんでしょ?」

沙由美は目の下をほんのりと朱に染めた。

「うん」

「ありがとう。わたしを感じさせるために、出すのを我慢してくれたんだよね」

たしかにその通りなのであるが、面と向かって言われると照れくさい。それで、

「いや、まあ……」

と、曖昧な返事でごまかした。

沙由美はクスッとほほ笑み、

「今度は我慢しないで、いつでも出していいからね。健兄ちゃんが気持ちよくなってくれないと、わたしも気持ちよくないんだから」

健気《けなげ》に告げて立ちあがり、壁に手をついて前屈みの姿勢をとった。

「今度は健兄ちゃんが動く番だよ。わたしのおま×こ、バックからいっぱい犯して」

淫らな誘いに、健太ははじかれたように立ちあがった。彼女の真後ろに立ち、ちょっと考えてから、ズボンとトランクスを足首まで脱ぎおろす。剝き出しになった尻と腿に冷気を感じて震えたものの、少しでも沙由美と肌を密着させたかったのだ。

丸々としたヒップをかろうじて隠す短いスカートを、腰までめくりあげる。

「あ――」

沙由美が小さな声をもらし、あらわになった臀部に鳥肌を立てる。双丘の丸みに手をかけ、尻割れをぐいっと開くと、健太は脈打つ肉根を狭間《はざま》に突き入れた。

「挿《い》れるよ」

「うん。来て」

短いやりとりのあと、今一度妹の濡れ膣にペニスを押しこむ。

「うはああぁッ」

沙由美の背中が反りかえる。プルプルとわななく尻をしっかりと支え、健太はほどよい熱さとヌメリを浴びながら、肉槍の抜き差しを開始した。

「はあ、あああ、いい――」

　あられもないよがりが少女の唇からこぼれる。インターバルを置いた柔窟が、あわてたように強《こわ》ばりを締めつけてきた。

　ぱつッ、ピタン……ちゅぷ――。

　健太が勢いよく下腹をぶつけると、なめらかな尻肌にぷるんと波が立つ。激しく動くことで、下降しかけた体温が再び上昇に転じた。

「気持ちいいよぉ。あん、もっとぉ」

　泣きそうな声をあげながら、少女が尻肉をせわしなくすぼめる。それによって膣も狭まるのがたまらない。温かく濡れた襞に敏感なところを満遍なくこすられ、たちまち鼠蹊部《そけいぶ》が気怠さを帯びてくる。もっと感じさせてあげなきゃと、思う気持ちもたちまち砕けるほどに、甘美な射精欲求がこみあげる。

「沙由美……おれ、もう――」

　告げると、沙由美は半泣きの笑顔で振りかえった。

「いいよ。わたしのなかに、精液いっぱい出して」

　イッてくれるのが嬉しくてたまらないという様子。だったらと、健太は自制心を振り払い、欲望のままに肉根を抽送した。

「ああ、あああ、出る」

中枢神経を蕩《とろ》かす悦楽が全身に行き渡り、腰がガクガクする。目がくらむのを覚えつつ、健太は熱い滾《たぎ》りを解放した。

「ううう、うっ――」

びゅるびゅると濃い粘液を膣内に注ぎこみながら、腰の動きが少しもとまらない。そうやって突きまくられることで、沙由美も悩乱のよがりを吐いた。

「あふっ、はああ、あ、熱いーッ!!」

いっそう強烈に膣道を締めあげ、兄の精液をひと雫《しずく》残らず搾り取る。

「ああ、沙由美――すごい」

「健兄ちゃん、大好きィ!」

限界まで強《こわ》ばりを押しこんだところで、下半身のみ肌を合わせたふたりはワナワナと体軀《たいく》を震わせた。握りこむように蠕動《ぜんどう》する内壁が、少年にダメ押しの快感を与える。

間もなく激情が去った。

(気持ちよかった……)

初めての校内セックス。制服姿での自堕落な戯《たわむ》れ合いが妙に心地よい。クセになりそうだ。

(今度は、教室とかでやってみようか)

見つかったら大変なことになると、わかっていながらしてみたい。そういうスリルすらも、なんだか愉しめそうな気がした。

萎《な》えかけたペニスを引き抜くと、沙由美が「あふン」と小さな声をもらした。むっちりしたヒップを震わせ、あらわに開かれた淫窟から、白濁の液体をドロリとこぼす。

「やあん」

沙由美があわててポケットからハンカチを取りだす。そのとき、汗ばんだ兄妹の体に冷気が押し寄せてきた。

「へくしょんッ！」「くしゅん!!」

ふたりはほぼ同時にくしゃみをし、それから急いで身づくろいをした。

4 旅行出発

その日、学校から帰るなり、

「健太君、ちょっと来てくれる？」

泪華から呼びつけられ、健太はドキッとした。彼女がいつになく厳しい顔をしていたからだ。

「なに？」

「いいから、ちょっと来て」

そうして旧大橋家の、彼女の部屋へと連れていかれる。

(いったいなんだろう?)

明らかにご指導か、叱責がなされるという雰囲気。まさか妹たちとのあれこれがバレたのだろうかと、胸に不安が渦巻く。

(ヤバい、どうしよう……)

義理の妹である沙由美や紗奈はともかく(もっとも、六年生というのはいささか、いや、かなり問題ありだが)、理緒は実の妹なのだ。いくらお互いが真剣に想い合っていたところで、許されるものではない。

しかし、今さらそんなふうに後悔したところで遅いのである。

(そうだ。どんなことがあっても、おれは理緒たちを大切にするって決めたんだ)

ここは兄として、男として責任を取るしかないのだと、覚悟を決める。そんな健太は、理緒を焚《た》きつけたのが泪華であることはもちろん、沙由美とも異母兄妹であるということなど知りもしない。

きちんと整頓された泪華の部屋は、うっとりするようなかぐわしさに満ちていた。妹たちとは違う、大人の女性の官能的な匂い。

和室の中央に、見慣れぬ段ボール箱があった。泪華がその向こう側に正座したので、健太は箱を真ん中にして、彼女と向かい合った。

（理緒たちのこと……ってわけじゃなさそうだぞ）

なんとなく、そんな気がする。どうやらこの箱の中身に関しての話らしい。

（だけど、なんだろ、これ？）

特に隠していたものなどなかったはずだがと考えたところで、泪華が口を開いた。

「お母さん、今日、健太君の部屋を掃除させてもらったの」

「あ、すみません」

今は母とはいえ、元はお隣りさんだから、健太はいささか他人行儀に頭をさげた。

「それで、ついでに押し入れの整理もしておこうと思って、これを見つけたのよ」

「え、押し入れ？」

きょとんとした健太に、泪華は大袈裟にため息をついた。

「あのね、健太君も男の子だし、異性に興味を持つのはべつにおかしいことじゃないって、お母さんもそのぐらいはわかってるつもりよ。でも、さすがにこれは……健太君の年でこんなふうに偏った趣味を持つようじゃ、さすがに心配になるわ」

「あ、あの、泪華さん」

「やっぱりそういうモヤモヤした感情をいだく相手は、ちゃんと女として成長したっていうか、少なくとも生理があって毛も生えて、おっぱいもちゃんとふくらんだ子じゃないとまずいんじゃないかしら」

あからさまな発言に、健太は目を白黒させた。

「あの——泪華さんがなにを言ってるのか、よくわからないんですけど」

「え？」

今度は泪華がきょとんとなった。

「だって、この箱に」

「そもそも、この箱がなんなのかもわからないんですけど。第一、おれ、押し入れなんてほとんど使ってないし。最近は開けたこともあったかどうか」

「だってこれは……それに、健太君の他にこんなものを喜ぶひとなんて我が家に——」

そこまで言ってハッとなった泪華の目が、たちまち大きく見開かれた。

「それじゃ、これ、宏道さん⁉」

そのとき、健太は箱の中身がなんであるのか、ようやく理解した。


その晩、夕餉《ゆうげ》の食卓で、泪華は上機嫌だった。相変わらず冷戦状態の理緒と沙由美ですら、戸惑いをあらわにして顔を見合わせるほどに。

「なにかいいことあったの？」

紗奈が問いかけたのに、母は「んふふー」と笑みを浮かべた。

「まあね」

思わせぶりに答え、夫に意味ありげな流し目を送る。

一方宏道のほうは、情けない顔で首を縮めていた。まるで、なにか弱味でも握られたかのように。

三人の娘たちがそろって首をかしげたのに、泪華はそれとなく話題を変え、

「そう言えばあなたたち、もうすぐ冬休みよね？」

相変わらずニコニコ顔で確認した。

「うん」「まあ」

それぞれがうなずいたのに、また満足げに笑顔を見せる。

「ねえ、それがどうかしたの？」

沙由美が焦れったそうに質問したのに、

「だったら、お母さんたちがいなくても平気よね」

泪華は意味不明な言葉をかえした。

「いないって……どこかに出かけるの？」

これは理緒。

「うん。ちょっと遅くなったけど、新婚旅行にね」

それでようやく、子供たちは《なんだ》という顔になった。再婚して三カ月。新しい生活も落ち着いてきたから、そろそろいいかと考えたのだろう。

「あ、でも、家の改築もあるし、旅行する余裕はないなんて言ってなかった？」

沙由美が疑問を口にすると、

「それなら心配ないわ。パパがヘソクリをはたいてくれるから」

泪華は宏道を振りかえり、「ね」と念を押した。笑顔だったものの、目だけは笑っていなかった。

「う、うん……」

すっかり妻に呑まれた様子の宏道は、また情けなく顔を歪めた。

なにかあったのかなというふうに、両親を交互に見つめる娘たち。事情を知っている健太は、やれやれと肩を小さくすくめた。

（まったく、親父のやつ——）

健太の部屋の押し入れにあった段ボール箱は、宏道が持ちこんだものであった。中身はといえば、つるぺた無毛のいたいけな少女たちが、あられもない姿を見せつける写真集やコミックやビデオといった、その趣味の者にとってはお宝という数々。実際、昨今では所持しているだけで後ろに手がまわりそうなものも含まれていた。

しかし、それらは宏道のものではない。会社の同僚がめでたく結婚することになり、その新郎たる男から、しばらくあずかってほしいと頼まれたものだとか。もしも発見されたら新婦に逃げられ、親族を巻きこんでの家庭争議に発展するのは必至だろうから、新郎の採った措置は賢明であったろう。

同じ男として、趣味は理解できなくとも気持ちはわかると、宏道も快く引き受けた。ところが、自分の部屋に置いて泪華に見つかったらコトだと思ったらしい。それで息子の部屋の押し入れに隠すという暴挙に出たのだ。

万が一健太がそれを見つけて影響され、おかしな趣味を植えつけられたらどうするのだと、宏道は泪華にさんざん叱られたらしい。しかも、くだんの同僚から保管料としていくらかもらっていたということで、それをすべて差しだすことになった。

(理緒も紗奈ちゃんも、あれを見つけてたんだな)

ふたりが兄にロリコン疑惑をいだいた理由もわかった。結局のところ健太は、父のせいで被害をこうむったのだ。

(とにかく、ちゃんと誤解をといておかないと)

しかしながら、理緒と沙由美がいがみ合っている状況では、いかに話を切りだすか難しいところだ。

「新婚旅行って、どこに行くの?」

紗奈が無邪気に質問する。

「温泉よ。それも、豪華なホテルに三泊四日」

「わあ、いいなあ」

沙由美が心底羨ましいという声をあげた。

「温泉かあ。今の季節にぴったりじゃない」

「でしょ？　だから、お母さんも楽しみなの」

ウキウキした態度に、娘たちは妬《ねた》ましさをあらわにした。

「ママたちだけで行くの？　ずるいなあ」

紗奈が口を尖《とが》らせる。

「いいじゃない。いちおう新婚さんなんだから」

「だからって、子供たちをほっといて行くなんて」

沙由美もむくれ顔だ。

「あなたたち、もう大人なんだから、留守番ぐらい平気でしょ」

「こんなときばっかりオトナ扱い？　都合いいんだから」

理緒も不満をあらわにする。そのとき、

「あ、そう言えば、ボクも温泉に行くんだった」

紗奈のこの発言に、他のふたりが色めきたった。

「なによ、それ？」

「どういうこと!?」

「ほら、六年生のスキー合宿だよ。冬休みの最初にあるやつ。あれ、今年は行き先が変わって、近くに温泉があるところなんだって。ボクたちが泊まるホテルにも、屋上露天風呂があるって話だよ」

「えー、いいなあ」

「理緒たちのときなんて、ただの安っぽい旅館だったのに」

両親ばかりか末の妹までもが冬の温泉を満喫できると知り、理緒も沙由美もますます我慢ならなくなった様子だ。

「わたしたちもいきたーい」

「理緒たちだけのけ者なんてずるーい」

いがみ合っていたはずが、この件では長女と次女は意気投合した。

「ね、健太だって行きたいでしょ?」

話を振られ、健太も「そりゃあ」と答えた。

「あ、だったら、桃華のところに行けば?」

泪華の提案に、沙由美が《あっ》という顔をした。

「そっか、桃華叔母さんがいたんだ」

「ももかオバサンって?」

健太が訊ねると、

「ママの妹なの。同じバツイチだったんだけど、今年の夏に再婚して、温泉宿の女将《おかみ》さんになったんだ」

沙由美が懐かしむ表情で答えた。

「健兄ちゃんも会ったことがあるはずだよ。昔、家に遊びに来たことがあったから。ほら、女の子を連れて」

そんなこともあったかなと、健太が記憶をほじくりかえしていると、

「ああ、あゆみちゃんか」

理緒のほうはちゃんと覚えていたらしく、納得顔でつぶやいた。

「そう、あゆみちゃん」

沙由美はニコニコしてうなずいたものの、喧嘩していたことを思いだしたか、すぐに仏頂面になった。

「山のなかで寂しいところだけど、温泉はなかなかいいからぜひ遊びに来てほしいって、前から言われてたのよね。いい機会だから、三人で行ってくるといいわ」

「三人って――」

健太と理緒と沙由美は、戸惑いをあらわに顔を見合わせた。それから、妹ふたりはまたツンとそっぽを向いた。

二の湯　のんびり？ゆったり？妹の宿

1　雪国へ

列車は走る、雪のなかを。

「わあ、綺麗！」

窓際の席で、ガラスにへばりついて外の景色を眺めていた沙由美が、感動の声をあげる。遠くの山も近くの田畑も、一面白一色だ。

「やっぱりこっちは雪が多いんだね」

高校生にもかかわらず、彼女が子供みたいにはしゃぎたくなるのもわかる。街中ではまず見られない銀世界なのだから。

冬休みの初日。健太、理緒、沙由美の三人は、泪華の妹である桃華が嫁《とつ》いだ先の、温泉宿に向かっていた。

「桃華叔母さんのところは山のなかだから、もっと雪が多いのかなあ。ね、健兄ちゃん、いっぱい雪だるま作ろうね」

上機嫌に提案する姉に、

「ったく、ガキみたいに……」

隣りに座ったクールな妹は、馬鹿にしきった流し目でミカンを口に放りこむ。

「なによ!?」

聞こえよがしの悪口に、沙由美はキッと振りかえった。

「なにか文句あるの？」

「べつにぃ」

顔をそむける理緒を、沙由美は苦々しげに睨みつける。

いがみ合うふたりの向かいで、健太はやれやれとため息をついた。

(まったく、いつまでやってるんだか……)

ローカル列車の、四人がけボックス席。最初はどちらがお兄ちゃんと並んで座るかで、理緒と沙由美は喧嘩になった。仲良くしないのなら自分は行かないと健太が憤慨《ふんがい》してみせ、どうにかふたり並んで座ったものの、もうずっとこんな調子である。あれから何日か経つのに、冷戦はいまだつづいている様子だ。

(仲良くしろって、ちゃんと言ったんだけどなあ)

ふたり同時にお説教をしたわけではなく、別々に、ベッドのなかでたしなめただけだから、効果がなかったのだろうか。もっとも、ここまで来ると相手に対する怒りというより、ただ意地を張り合っているだけのような気がする。

（そういや、理緒にまだあのことを話してなかったな）

彼女が見たであろうコレクションの数々は、父が会社の同僚からあずかったものであると、説明しようと思いながら果たせずにいた。どう切りだせばいいのか、タイミングがつかめなかったのだ。

あのとき、さんざん罵ったわりに、理緒は自分の担当曜日にはちゃんと朝起こしてくれたし、夜も部屋にやって来た。ただ、どこか遠慮がちで、前にも増して大きくなった乳房への愛撫を拒んだ。その傾向は以前からあったものの、どうやら気持ちよくないからというわけではなく、ロリコンの兄は貧乳が好みに違いないと思いこんでいるためであるとわかった。『お兄ちゃんは、こんな大きなおっぱい、好きじゃないんでしょ？』と、拗《す》ねる口調で言ったからだ。

そこまで完全に疑われると、腹立たしいというよりはむしろ馬鹿馬鹿しい。どうにでもなれという気になる。まあ、そのうち誤解もとけるだろうと、健太は成り行きにまかせることにした。

（とにかく、せっかくの温泉旅行だ。楽しまないと損だからな）

泪華が連絡すると、桃華は大歓迎だと、心から喜んでくれたということであった。今日も駅まで、車で出迎えてくれることになっている。

(だけど、冬休みに入ったばかりだし、今ってどこも忙しいんじゃないのかな?)

山奥の秘湯の宿らしいから、知る人ぞ知るというぐらいのところで、お客さんもそんなにいないのだろうか。けれどそのほうが気兼ねなく、上げ膳据え膳でのんびりできるかもしれない。

(タダで招待されてそこまでしてもらうのも、なんだか悪い気がするなあ)

ともあれ、静かなところならゆっくりと休めるだろう。ふたりの妹もこの調子だし、まして叔母さんのところで、むやみにセックスを求めてくることもあるまい。

(そう言えば、女の子がいるって話だったよな)

健太にとっても、いちおう従妹ということになるはず。あゆみという名前のその子は、理緒よりひとつ下の中学一年生だという。どんな子なのか、だいぶ前に会っているはずなのだが、ほとんど印象に残っていない。ということは、おとなしい子だったのだろう。

(そのぐらいがいいな。うん――)

自分の主張を意地でも押し通すような子がこれ以上増えたら、とても身がもたない。

そして、そんなことを考えるあいだにも、姉妹の諍《いさか》いはつづいていた。

「ちょっと、わたしのミカンは？」

「そんなの知らないわよ。これ、理緒のだもん」

「なに言ってるのよ。三人で使うようにってもらったお小遣いで買ったやつじゃない。

あー、全部食べちゃってる！」

「外ばっかり見てるほうが悪いの。いつまでもあると思うな、親とミカンよ」

「なにそれ、意味わかんない!!」

ぎゃんぎゃんと騒がしい妹たちに、健太は、あゆみはこうであってほしくないなと、心から願った。


「こっちよー」

改札口を出ると、小さな駅舎の出入り口のところに、手を振る女性がいた。

「あ、桃華叔母さん」

沙由美がその名前を口にする前に、あの人がそうに違いないと、健太は悟っていた。なぜなら、顔立ちや全体的な印象が、泪華に似ていたからだ。

泪華も年のわりに若く見えるほうであるが、桃華はそれ以上。三十代のはずだが、二十代後半と言っても通用するだろう。

「お世話になります」

前に出て、健太がペコリと頭をさげると、

「ええと、健太君だったわね。何年ぶりかしら。大きくなったわねえ」

桃華が懐かしそうな笑顔を見せた。

「で、そちらが理緒ちゃんね」

「お招きいただいて、ありがとうございます。お世話になります」

理緒が礼儀正しくお辞儀をする。普段、家族や友人に対しては辛辣なところを見せるが、いちおう優等生であり、この程度の挨拶《あいさつ》はごく自然にできるのだ。

「いえいえ、こちらこそ」

桃華もつられて頭をさげた。

「叔母さんひとりなの？」

沙由美があたりを見まわして訊ねる。

「ええそうよ。旦那とあゆみは宿のほうで待ってるわ。そろそろお客さんも増えてきたし、仕事もあるから」

「すみません、お忙しいところを、わざわざ迎えに来ていただいて」

健太が謝ると、

「ああ、いいのいいの。ほら、持ちつ持たれつって言うじゃない」

桃華が朗らかに笑い飛ばした。さっぱりした性格も、泪華と同じようである。

「じゃ、外に車を停めてあるから、乗ってちょうだい」

三人は彼女のあとについて外に出た。ホームに降りたときに感じたもの以上の、凍《こご》えるような冷気が頬を刺す。

「わ、寒ーい」

沙由美がコートの襟を押さえた。

「これでも今年は暖冬で、雪が少ないそうよ」

「えー、これでですか？」

理緒が周囲を見渡し、驚きの声をあげた。除雪された道路以外、ほとんどすべてが雪に埋まっている。

「わたしも最初はびっくりしたんだけどね。本当なら、二メートル、三メートルの積雪は当たり前なんだって。さ、こっちよ」

駅前の駐車場に大型のバンが停めてあった。バッグなどの荷物を後ろから積むと、後部シートに三人が、健太を真ん中にして乗りこむ。

「そこだと窮屈でしょ？　助手席も空いてるわよ」

桃華に声をかけられたものの、

「ううん、こっちがいいの」

離さないというふうに健太の腕にしがみついた沙由美が答えた。

「へえ。仲いいのね」

からかうというよりはあきれた口調で言われ、健太は頬が熱くなった。ともあれ、さっそく出発となる。

車は最初に、【歓迎・ようこそヒメラギ温泉へ】と書かれたアーチをくぐり、温泉街に入った。ホテルや大きな旅館の他、土産《みやげ》物屋も並ぶストリートは、人の行き来もかなりある。

「けっこうお客さんが多いんですね」

健太が感心すると、

「ふもとのほうはね。ふもととはいっても、ここだって標高はけっこうあるんだけど。ウチはさらに山のほうだから、こんなに賑やかじゃないわ」

路上にバスや車が何台も停められているなか、桃華がハンドルを器用にさばきながら答える。車は間もなく温泉街を抜け、山側のほうに折れた。そちらは道路が狭くなっており、周囲の景色も途端に寂しくなる。路面も圧雪で、一面真っ白。

「わ、すごーい。雪ばっかり」

窓の外を見て、沙由美が驚きの声を発した。

「なんか、人跡未踏《じんせきみとう》って感じがする」

「オーバーね。上のほうにはわたしたちの宿もあるし、人だって住んでるのよ。この道も、バスがちゃんと通ってるんだから」

「ホントに？」

「一日四往復しかないけどね。住んでる人だけじゃなく、宿のお客さんが乗ったりとか。あゆみもそれで学校に通ってるわ」

山道を毎日バス通学というのも大変だなと、健太は同情した。一日四往復では、乗り遅れたら遅刻は確実だろう。

「あゆみちゃん、近所に友達はいないんですか？」

理緒が訊ねると、桃華は「そうね」とあっさりうなずいた。

「年の離れたお姉さんや小学生はいるけど、同じ年頃の子はいないかな。それに近所っていっても、家同士はかなり離れてるし」

「そうなんですか……」

「だから、あなたたちが来てくれるって、いちばん喜んでるのはあゆみなの。今日だって、珍しく朝からはしゃいでたんだから」

バックミラーに映った桃華の笑顔が、ふと曇《くも》った。

「やっぱりあの子、寂しいのかもしれないわ……学校でも、そんなに仲のいい子はいないみたいだし」

しんみりとつぶやいたのに、後部シートの三人も黙りこくった。

（じゃあ、おれたちが仲良くしてあげなくっちゃな）

健太は決心して、ひとりうなずいた。


「いらっしゃいませ。秘湯の宿『さえき』へようこそ」

健太たちを出迎えてくれたのは、山の宿に相応《ふさわ》しい和服姿の、可愛らしい女の子であった。玄関先の緋《ひ》色の絨毯《じゅうたん》に正座し、三つ指をついてお辞儀する。

「あー、あゆみちゃん、ひさしぶり！」

沙由美ははしゃいだ声をあげると、急いで靴を脱いであがった。

「いらっしゃい、沙由美姉ちゃん」

立ちあがったあゆみも、抱き合って再会を喜ぶ。

（へえ、なんだか本当の姉妹みたいだ）

和服の少女は、沙由美をそのまま幼くしたという感じだ。長い黒髪も、子犬のようにぽわっとしておとなしそうな風貌もそっくり。紺絣《こんがすり》の着物に、前に垂らした赤い前掛けがよく似合っている。

そんな彼女に見とれていると、

「よかったわね。好みのタイプの女の子で」

忌々《いまいま》しげな声が聞こえた。

「え?」

横を見ると、理緒が悔しそうな流し目で睨んでいる。

(こいつ、まだおれがロリコンだって思いこんでるんだな)

「あ、あゆみちゃん、覚えてる? こちらがお隣りだった健兄ちゃん。今はわたしのお兄ちゃんになったんだよ。で、隣りが理緒ちゃん」

沙由美に紹介され、健太は「どうも」と頭をさげた。途端に、あゆみの頬がポッと赤くなる。

「いらっしゃいませ、健太お兄ちゃん、理緒お姉ちゃん」

(え、お兄ちゃん?)

虚を衝かれた健太に、あゆみは照れ臭そうに「えへっ」と舌を出した。

(ああ、可愛いなあ)

抱きしめて、頭を撫でてあげたくなる。こんな子からお兄ちゃんと呼ばれるなんて、くすぐったくも悪くない気分だ。それが表情に出たのだろうか。

「なによ、デレデレしちゃって」

また理緒のやっかみが聞こえた。

「さ、あゆみ。みんなを部屋に案内してあげて」

桃華に言われ、あゆみは素直に「はあい」と返事をした。

「それから、着物と服も貸してあげてね」

「え、着替えなら持ってきましたけど？」

健太が振りかえって首をかしげると、

「そういうのじゃなくて、ここで働いてもらうための仕事着よ」

桃華が予想もしていなかったことを口にした。

「は？」

きょとんとする健太たち一行に、

「助かるわ、忙しいところに三人も来てくれて。こういうところの経営も、なかなか大変なのよ。ホント、無料奉仕は大歓迎」

桃華は悪びれもせず、明るい笑顔で告げた。これには、三人は開いた口が塞がらなくなる。

（タダで招待してくれたっていうんじゃなくて、タダ働きをさせられるのかよ!?）

うまい話はないものだなあと、健太は肩を落とした。

2 誤解の涙

理緒と沙由美は、あゆみと同じ着物姿で客室係兼配膳係。健太は薄手の白い上下を渡され、厨房《ちゅうぼう》の手伝いをすることになった。

お客はそう多くないとはいえ、人手が足りないからやることはけっこうある。理緒と沙由美はお膳や飲み物を運んだり、客室に布団を敷くこと以外にも、脱衣所や風呂場の掃除を言いつけられた。健太も厨房で板長に怒鳴られ、時には妹たちから手助けを求められたりしながら、コマネズミのごとく働いた。

そうして仕事がひと段落したときには、夜の十時近くになっていた。

「ご苦労様。じゃ、これはあなたたちのぶんの食事。終わったら厨房にさげて、ちゃんと洗っておいてね」

くたくたになって、用意されてあったお膳を自分たちの部屋に運ぶ。上げ膳据え膳を、まさかセルフサービスでするハメになるとは思いもしなかった。

それでも、泊まる部屋はいちおう客室。床の間には水墨画の掛け軸がかけられ、高価そうな花器に水仙《すいせん》が生けられている。なかなかに趣《おもむき》のある和室だ。

食事は、地元の名産だという山菜や畜産物が、ふんだんに使われていた。郷土料理やオリジナルなど品数豊富で、仮にアルバイト代をもらっても足りないであろうと思われる豪華さだ。飲み物もジュースとウーロン茶をつけてもらった。

「おいしいね、これ」

「うん」

疲れも感じさせず、あるいはそれだけお腹が減っていたのか、理緒と沙由美は旺盛な食欲を見せた。

「これ、ちょっとキツい」

途中、そろって着物の帯を弛めたほどだ。着崩れた襟もとから、なかに着ていたピンク色の襦袢《じゅばん》がのぞく。

「あー、仕事のあとのご飯はおいしい」

「うん。でも、あゆみちゃんってえらいよね。やっぱり慣れてるっていうか、仕事もてきぱきしてたし」

「なんて言うんだろ、気配りができてるって言うの？　理緒たちにも面倒がらずに、ていねいに手順とか教えてくれたじゃない」

「うん。どうすればいいのかわかんなくて困ってると、それとなく教えてくれるし、ちっとも押しつけがましくないんだよね」

「あー、わかる。それに、可愛いよね。ああいう妹なら、もうひとりいてもいいかもって思うな」

「うん、同感」

従妹を話題にして、会話もはずんでいる。

（もう仲直りしたのかな？）

忙しく働くうちに、いがみ合っていたことも忘れたのだろうか。

ともあれ、パクパクと食べつづける妹ふたりが横並びになった向かいで、健太は圧倒されていた。彼は厨房《ちゅうぼう》でずっと料理を見ていたせいか、ふたりほど食欲が湧かなかったのだ。

（よく食うなあ）

理緒と沙由美がおひつのご飯を競うようにおかわりするうちに、とうとう最後の一膳分となってしまった。

そして、沙由美がそれを確保すべくしゃもじをつかもうとしたところで、

「それ、理緒の！」

理緒がぴしゃりと姉の手を叩いた。

「痛ッ。なによ!?」

「沙由美ちゃん、もうたくさん食べたでしょ？」

「理緒ちゃんほどじゃないわよ」

「理緒はこれが四杯目だもん。沙由美ちゃん、もう五杯も食べてるじゃない」

「そんなの関係ないわ。だいたい理緒ちゃんは、よそうときにいっつもてんこ盛りにしてたじゃない」

「なによ、人聞きの悪いこと言わないで」

「とにかく、これはわたしのなの。早い者勝ちなんだから」

「ったく、早飯の大食らいなんて、女の子のくせに恥ずかしくないのかしら」

「理緒ちゃんだってそうでしょ？」

「なによ‼」

「やる気⁉」

（またかよ……）

仲直りしたのかと思えばこれだ。しかも、兄の次はご飯の取り合いとは。食欲とか性欲とか、彼女たちには本能のみで、理性を期待しても無駄なのだろうか。

「喧嘩しないで、ふたりで分ければいいだろ？」

健太が言うことにも耳を貸さない。

「だいたい沙由美ちゃんはずるいのよ。お膳を運ぶときだって軽いのとか、近いほうの部屋に持っていくのばかり選んでたし」

「わたしそんなズルなんかしないもん！　それって、手近にあったのを持ったら、たまたまそうだっただけじゃない」

「ふん、どうだか。面倒なことはみんな、あゆみちゃんに押しつけてたじゃない」

「ひどい、濡《ぬ》れ衣《ぎぬ》だわ！　理緒ちゃんこそ、部屋にお布団敷くときに、わたしに敷布団とシーツを全部やらせて、自分は掛け布団を配っただけだったじゃない」

「ったく、そんな細かいことをいちいち言うもんじゃないわよ。お姑《しゅうとめ》さんじゃあるまいし、みっともない」

「理緒ちゃんが先に言ったんじゃない」

「だったら、脱衣所の掃除を頼まれて、男風呂のほうに入っていったのは誰かしら?」

「あ、あれは、つい間違えただけだもん」

「嘘ばっかり。男の裸が見たかったくせに。この淫乱」

「な、なんですってぇ!?」

「ああ、もう、いい加減にしろよ!」

さすがに堪忍袋の緒が切れて、健太は声を荒らげた。

「こんなところに来てまで喧嘩するなんて、どうかしてるよ。これじゃ家にいるのと一緒じゃないか!!」

いつになく怒りをあらわにした兄に、ふたりの妹は唖然《あぜん》としたふうであった。

一方、健太のほうは、積もり積もったものをここぞとばかりに吐きだす。

「せっかく家族になれたんだから、もうちょっと仲良くすればいいだろ!? だいたい、そうやって好き勝手に言い合う自分たちはいいかもしれないけど、ちょっとはまわりのことも考えろよ。気分が悪いし、迷惑もいいところだ。ふたりがそんなふうだったら、おれはもうお前たちのことなんか知らないからな!」

疲れによる苛立ちもあったのだろう。しかし、そうやってぶちまけてしまえば、引っこみがつかなくなる。居心地も悪くなり、健太は食事をやめてタオルと浴衣を抱えると、そのまま風呂に向かった。


「……やりすぎちゃったのかな」

「うん、たぶん……」

健太が出ていったあと、理緒と沙由美は神妙な顔つきで視線を交わした。

「このご飯、食べる?」

「いいよ。沙由美ちゃんが食べて」

「じゃ」

沙由美が最後の一膳をよそい、もそもそと食事をつづける。理緒も無言で箸を動かした。

「——うっ、ウ……」

突然しゃくりあげる声が聞こえ、理緒は驚いて隣りを見た。なんと、沙由美はご飯を食べながら、ポロポロと涙をこぼしていたのだ。

「ちょっと、沙由美ちゃん」

「……健兄ちゃん、怒らせちゃった。わたしたち、もう嫌われちゃったんだ」

いい年してべそをかく姉を、ガキみたいだと嘲る気にもなれなかった。なぜなら、理緒も同じ気持ちであったからだ。

(あんなお兄ちゃん、初めて見た)

温厚な健太は、怒ることなどまずなかったのだ。かつて、理緒から手ひどく罵られることがあったときですらそうだった。

「健兄ちゃんに嫌われたら、わたし、どうすればいいの？」

悲嘆に暮れ、それでも食べるのをやめない姉を見ているうちに、理緒も涙腺が緩んできた。おそらく不吉な物思いばかりが湧いてどうかなってしまいそうで、彼女は食べつづけずにはいられなかったのだろう。

(沙由美ちゃん、そこまでお兄ちゃんのこと——)

身につまされ、胸が熱くなる。自分もそうだからこそ、姉の気持ちは痛いほどよくわかる。

「ごめんね、沙由美ちゃん」

謝るなり、理緒も涙を溢れさせた。驚いてこちらを向いた沙由美の顔が、くしゃっと歪む。

「ううん。わたしも悪かったの」

沙由美はようやく箸と茶碗を置いた。そうして見つめ合ったふたりは、抱擁《ほうよう》してわっと泣きだした。

「ごめんね、ごめんね……」

「沙由美ちゃん、泣いたらダメだよ。理緒まで悲しくなっちゃう」

「グス……理緒ちゃんこそ」

そうやって姉妹そろって泣きじゃくり、赤くなった目を向け合う。

「健兄ちゃん、ホントにわたしたちのこと嫌いになったのかな？」

「そういうことはないと思うけど……でも、どのみち理緒は、お兄ちゃん好みの女の子じゃないんだし」

「どういうこと？」

「だって、お兄ちゃんは――」

耳もとでこそっと囁《ささや》かれたカタカナ四文字に、沙由美は「ええッ？」と驚きをあらわにした。

「それ、わたしも紗奈から教えてもらったけど、健兄ちゃんに確認したら、違うって言ってたよ」

「そりゃそうだよ。そんなみっともないこと、自分で認められるはずがないもの」

「だけど、まさか……」

「だいたい、証拠だってあるんだから」

「証拠って?」

「紗奈から聞いてないの?　あの子もたぶん、同じのを見つけたと思うんだけど。あのね――」

理緒は、兄の部屋の押し入れで発見した、段ボール箱に隠されたコレクションの数々のことを教えた。

「健兄ちゃんがそんなものを!?」

「もう、すごかったんだから。理緒、頭がクラクラしちゃったもん。ああいうのって、今だと持ってるだけでもヤバいんじゃないかなあ。だから、おおっぴらにしたらまずいと思って黙ってたんだ」

「そうだったの……健兄ちゃん、やっぱりロリコンなんだ。あ、そう言えば、健兄ちゃんが最初にキスやフェラチオさせたのって、紗奈だったよね」

「うん、たしか」

「わたしが誘惑したときには、けっこう渋ってたし。てことは、やっぱりわたしも、健兄ちゃんの好みじゃないってことなんだ……」

「沙由美ちゃんはだいじょうぶだよ。年のわりに幼い感じで、ロリロリしてるから」

「……それ、あんまり嬉しくない」

「お兄ちゃんのコレクションにあった女の子も、ぽわっとしておとなしそうな子が多かったよ」

「でも、ロリコンのひとって見た目じゃなくて、実年齢にこだわるって話を聞いたことがあるわ。その点、理緒ちゃんはまだ十四歳だから、立派にストライクゾーンなんじゃないの？」

「ああ、だめだめ。お兄ちゃんのコレクションにあったの、みんな貧乳だったもん。紗奈みたいなツルペタばっかり」

「じゃあ、結局、わたしもダメってことじゃない」

「……理緒たちって、かわいそうだね」

「うん。こんなに健兄ちゃんのことが好きなのに、むくわれないなんて」

グスグスとしゃくりあげ、落胆するふたりであったが、

「あ、そうだ！」

沙由美が突然、パッと表情を明るくした。

「いい方法があるよ、理緒ちゃん」

「え？」

「わたしたち、紗奈と同じようにすればいいんじゃない」

わけがわからず、理緒は大きな瞳をぱちくりさせた。

3 混浴体験

「ちょっと言いすぎちゃったかなあ……」

露天風呂の熱い湯につかり、冬の星空を見あげながら、健太はつぶやいた。

つい感情的になり、大きな声をあげてしまった。たしかに悪いのは妹たちなのだが、あの場は兄として、年長者らしく諭《さと》してやるべきだったかもしれない。

自己嫌悪に苛《さいな》まれつつも労働のあとの疲れた体に、温泉は格別だった。美白の湯ということだが、疲労回復にも優れているとか。効能が芯まで染み渡るようで、まさに生きかえる心地がする。

(理緒も沙由美ちゃんも、喧嘩なんかしてないで温泉を楽しめばいいのに。疲れてるから、あんなにイライラするんだよ)

特にこの露天風呂は最高だ。裸で外に出たときには、夜の冷気で全身に鳥肌が立ったが、お湯に飛びこめば大丈夫。保温の効能もあるらしく、一度充分に温まれば芯からポカポカして、立ちあがっても寒さはあまり気にならない。四方を岩壁や竹垣に囲まれ、風が吹き抜けないおかげもあるのだろう。

露天風呂は屋内風呂を抜け、岩壁をまわった位置にある。まだそれほど遅い時間ではないと思うのだが、そこにいるのは健太だけであった。男湯のほうにも、他にふたりしか客の姿が見えなかった。

山あいの静けさを満喫して、ほとんどのお客は寝てしまったのだろうか。まあ、仮に屋内風呂にまで足を伸ばしても、夜中にわざわざ寒い屋外に出ようとは思わないのだろう。どうやら誰に気兼ねすることなく、のんびりできそうだ。

岩造りの風呂は、五、六人は足を伸ばせそうな、ゆったりした広さである。明かりは建物の外壁についた小さな蛍光灯がひとつ、ぼんやりとあたりを照らすだけ。星の輝きを邪魔することもなく、吸いこまれそうな夜空が堪能できる。

（それにしても、静かなところだなあ）

喧噪《けんそう》の巷《ちまた》を離れてという意味では、気持ちが安らぐ。しかし、ずっとこんなところにいたら、今度はひと恋しくてたまらなくなるかもしれない。

（こんな場所で、あゆみちゃんは暮らしているのか……）

『やっぱりあの子、寂しいのかもしれないわ――』

桃華の言ったことが、ふいに思いだされた。

（以前住んでたところは都会だったそうだし、そこからここにっていうんじゃ、環境が違いすぎるよなあ）

おまけに友達もいないというのでは、寂しいことこのうえないだろう。

（あゆみちゃん、おれたちの顔を見ただけで、すごくうれしそうだったしな）

きっと普段は、あんなふうに打ち解けられる相手がいないのだ。

彼女から『健太お兄ちゃん』と呼ばれたときの、くすぐったいようなときめきも甦る。あどけない笑顔は胸がきゅんと締めつけられるほどの破壊力で、すでに三人も可愛い妹がいるにもかかわらず、《妹にしたい女の子ナンバーワン》というキャッチフレーズをつけてあげたくなった。

（ていうか、あんな可愛い子なら、男がほっとかないと思うんだけど）

田舎の男の子たちは、都会から来た美少女が畏れ多くて、声もかけられずにいるのだろうか。そして同性の子たちは、自分たちなど足もとにも及ばない新参者に、謂《いわ》れのない反感をいだいているとか。

などと、いささか偏見じみたことを考えていたとき、人の来た気配があった。しかも、健太が出てきたほうとは違う岩壁の陰から。

振りかえった健太は、その人物を認めるなり激しく動揺した。

「あ、あゆみちゃん!?」

股間をタオルで、胸を片腕で隠しただけの全裸の少女は、間違いなくこの宿のひとり娘であった。

彼女のほうもびっくりしたようであるが、ただ立ちつくすだけで逃げようとはしない。健太はあわてて背中を向けた。

「あ、あれ？　ここって男湯なんじゃ――」

「いえ……露天風呂は混浴なんです。男女どちらのお風呂場からも出られるようになっていて」

あゆみのか細い声が聞こえた。そうだったのかと、事前にちゃんと確かめなかった自分が悪かったことを理解する。

（いくら混浴だからって、これはやっぱりまずいよな）

年頃の男女が、ふたりっきりで裸の付き合いというわけにはいくまい。ここは退散したほうがよさそうだと思ったものの、さりとて風呂からあがっては、自分の裸体を年下の少女の前に晒すことになる。

どうすればいいのだろうと健太が逡巡するうちに、

「くしゅんッ」

あゆみの可愛らしいくしゃみが聞こえた。このまま冷気のなかに立たせていては、風邪をひかせてしまう。

「あ、早く入って。おれ、後ろを向いてるから」

「……はい」

間もなく、ちゃぷっと小さな水音がたち、湯面に波が立った。

「あの、もうだいじょうぶです」

さっきよりも近いところから、少女の声。湯に入ったから見られても平気だということなのだろう。だからと言って、はいそうですかと顔を向けられるほど、健太は厚かましくなかった。

しかし、ずっと背中を向けているのも、よくないかもしれない。彼女のほうはこちらを信頼しているようであるし、拒絶されていると思わせてもまずいだろう。健太は怖ず怖ずと、百八十度だけ体の向きを変えた。

ふたりの距離は、一メートル半ほどだろうか。横目でそれとなくうかがうと、あゆみは胸もとまで湯につかり、薄明かりでもそうとわかるほどに、頬を赤く染めていた。それもまた可愛らしくて、心臓がドキドキと鼓動を激しくする。

「いつもこんな遅い時間に、お風呂に入ってるの？」

なにか話をしないと間がもたなくて、健太はそんなどうでもいいことを質問した。

「はい。星空を見ながら入るのが好きなんです。天気がいいときは必ず露天風呂にって決めてて……この時間なら、お客さんもいないことが多いから」

あゆみはていねいに答えた。口調から、年上の少年と一緒に風呂に入っていることに、それほど抵抗を感じていない様子だ。まだ幼いから、あまり異性を意識することがないのだろうか。

（いや、そんなことはないか。もう中学生なんだし）

六年生の紗奈でさえ、セックスに関する知識をかなり持っていた。まあ、あの子の場合は特別かもしれないが。

あゆみだって年相応に、あれこれ知っているだろう。女の子が無防備に裸体を晒せば、男がどんなふうになるかということも。現に健太は、いけないと思いつつ肉体の一部を変化させていた。

(あゆみちゃん、おれが年上だから安心しているのかな?)

お兄ちゃんなんて呼んでいたから、きょうだい感覚でいるのかもしれない。それで信頼しているだけならいいのだが――。

「あの……ひょっとして、わたしのこと怒ってますか?」

黙りこくってしまった健太に、あゆみが不安げに問いかけた。

「え、なにを?」

そんなに不機嫌そうな顔をしていただろうかと焦ったとき、

「初対面でいきなり、『健太お兄ちゃん』なんて呼んじゃったから」

すまなそうな声に、「ああ」と納得する。馴れなれしくしてしまったのではないかと、気になっていたのだろう。

「全然。そんなことないよ。逆にうれしいぐらいだったし」

「うれしい?」

「おれも、あゆみちゃんみたいに可愛い子が、妹だったらいいなって思ったからさ」

相手が年下だから、いささか気恥ずかしい台詞《せりふ》も素直に告げられた。そして、あゆみが恥じらいつつも口もとをほころばせたのに、また胸が狂おしく締めつけられる。

「よかった……わたし、お兄ちゃんが欲しいって、ずっと思ってたの」

輝く瞳は、まさに喜びに満ちあふれているというふう。

「だから、お隣りに優しいお兄ちゃんがいる沙由美姉ちゃんや紗奈ちゃんが、すごくうらやましくって。しかも、今はホントのお兄ちゃんになったんでしょ。いいなあ、だったら、みんなでここに遊びに来てくれないかなって、わたし、このあいだもここで考えてたの。お星さまを見ながら。そうしたら考えた通りになって、今はうれしくってしょうがないの」

すっかり打ち解けたふうに、夢中で話すあゆみ。これまで胸の内にしまっていたことを、一気に吐きだしているかのようだ。

（そうか、だから――）

健太は理解した。彼女が一緒に風呂に入ることを躊躇《ちゅうちょ》しなかったのは、お兄ちゃんが欲しいという思いがそれだけ強かったからだということを。やはり年上の少年を、兄として信頼しているのだ。

そして、普段が寂しいから、甘えられる相手が欲しいのかなとも考える。

（ひとりで星空に願ったりして、健気《けなげ》じゃないか。だったら、この子の望む通りにしてあげよう）

いたいけな少女の願いを叶えてあげたいと、本当に兄貴のような気持ちになる。

「あゆみちゃんは、おれにとっても従妹っていうことになるんだから、お兄ちゃんって呼んでくれてかまわないよ。ここにいるあいだだけでも、ううん、そのあとだって、おれはあゆみちゃんのお兄ちゃんになってあげるから」

優しい声で告げると、あゆみは瞳を潤ませたかに見えた。

「うれしい……ありがとう、健太お兄ちゃん」

そのときには、健太は彼女と完全に向き合うかたちになっていた。

（なんて可愛いんだろう……）

いっそう赤くなって見えるほっぺたがいじらしい。この子のためになんでもしてあげたいと、体の底から決意が漲《みなぎ》る心地すらする。

ところが、そうやって心が通い合った途端、少女のほうは急に恥ずかしくなったらしかった。

「あ、ごめんね。お兄ちゃんが先に入ってたのに、ジャマしちゃって」

「いや、べつに邪魔ってことは――」

「わたし、先にあがるね」

あゆみはその場にすっくと立ちあがると、すぐにまわれ右をして露天風呂から飛びだす。その一瞬、胸の清楚なふくらみと、股間の翳《かげ》りが見えたと思った。しかし、はっきりと確認することもできぬまま、くりっと丸いお尻の残像だけを残し、彼女の姿は岩壁の陰に消えた。

ひとり取り残された健太は、少女が去った方向をぼんやりと見つめた。愛らしいヒップのかたちと、『お兄ちゃん』という甘美な響きを反芻《はんすう》しながら。

4 パイパンご奉仕

どれぐらいそうしていたのだろう。

「やっぱりこっちじゃない？」

「あー、でも、寒ーい」

そんな声が聞こえて間もなく、あゆみが立ち去ったのとは違う岩壁の後ろから、今度はふたりの少女が出現した。股間をタオルで隠しただけの全裸体で。

「あ、やっぱりいた」

嬉しそうに白い歯を見せたのは、理緒と沙由美だった。

「なんだよ、いったい？」

見あげたところに立ったふたりの妹は、ブルッと身体を震わせるなり、いきなり風呂に飛びこんできた。ザブンと、大きな飛沫《しぶき》があがる。

「あー、熱ッ」

「でも気持ちいい」

「うん、寒かったもんね。今は天国の気分」

ふうーと安堵《あんど》の息をつくふたりに、健太はようやく気がついて訊ねた。

「お前たち、今、男湯のほうから来なかったか?」

「うん。だって、お兄ちゃんを捜してたんだもん」

と理緒。

「脱衣所を見たら、健兄ちゃん以外に誰もいないみたいだったし、だったら入っちゃえって」

これは沙由美。

(ったく、無茶なことを――)

大胆な妹たちに、健太はあきれかえった。

「そうしたら、お兄ちゃんがなかにいなかったから、ちょっと焦ったけどね」

「うん。ここ、女湯のほうからも出られたんだし、露天風呂にいるって最初からわかってたら、そっちから来たけど」

この様子では、どうやら仲直りをしたらしい。それならいいかと思いつつ、

「いきなり裸で来ないで、声をかけるとかすればよかったじゃないか」

ふたりの軽率さをたしなめる。

「だってわたしたち、早く健兄ちゃんに見てもらいたかったんだもん」

沙由美がそう言って、理緒とうなずき合った。

「ね」

「うん」

頬を火照《ほて》らせ、なにか企んでいるふうなのが気になる。

「なんだよ。裸なら何度も見てるだろ？」

「そうじゃなくて……じゃ、せーのでいい？」

「いいよ」

「せーの」

そうしてふたり同時にザバッと立ちあがる。雫の垂れる裸身を手にしたタオルで隠すこともせず、恥ずかしいところを全開にして。

顔の高さに並んだ少女たちの股間を目にした途端、健太は口をあんぐりと開けた。

ナマ白い下腹部に、当然あるはずの翳《かげ》りが少しも見当たらない。無毛のそこはわれめをくっきりと刻み、幼女のような外観を呈していたのだ。

「おい、それ――」

　あとは言葉が出てこない。

「お兄ちゃん、もう自分の趣味のことなんて、隠さなくてもいいんだからね。理緒たち、ちゃんとわかってるんだから」

「健兄ちゃんがロリコンでも、わたしたち、健兄ちゃんのこと嫌いになんてならないから安心して」

「だからお兄ちゃんも、理緒たちのこと嫌いにならないでね」

「健兄ちゃん好みの女の子になれるように、わたしたちもがんばるから」

　真剣な口ぶりで言われ、ようやく彼女たちの意図するところを悟る。なんのことはない、紗奈の真似をしているのだ。

「――お前ら、それ……剃《そ》ったのか？」

「うん、さっきね」

「部屋にも小さなお風呂があったじゃない。あそこで」

「自分でするのはちょっと怖かったから、お互いに剃りっこしたんだけど」

　そう言って、沙由美がポッと頬を赤らめた。剃毛《ていもう》行為に昂りを覚え、女同士でなにかイケナイことでもしたのだろうか。

「これならお兄ちゃんも興奮してくれるよね」

「ね、オチン×ン大きくなった？」

あまりの短絡ぶりにあきれたものの、今度は急におかしくなって、健太はクックッと笑みをこぼした。

「あー、お兄ちゃん、なに笑ってるのよ!?」

「やっぱり、わたしたちじゃロリっぽくないからダメなの？」

「そうじゃなくて、それ、誤解だから」

「誤解？」

「理緒は、おれの部屋の押し入れにあったアレ、見たんだろ？」

「……うん」

「言っとくけど、あれはおれンじゃないからな。父さんのだから」

「えぇーッ!?」

「じゃあ、宏道パパってロリコンなの!?」

「それも違うよ。実は――」

健太は笑いを噛み殺しつつ、いきさつを説明する。聞き終えるなり、ふたりは《なんだあ》という顔になった。

「そうだったのか……」

「もぉ、だったら早く言ってくれればいいのに！」

憤慨《ふんがい》した理緒に、

「だって、まさかここまでするとは思ってなかったからさ」

怒るのは筋違いだと、健太はたしなめた。

「だいたい、早合点したうえに、ちゃんと確かめなかった理緒が悪いんだろ？」

「それはそうだけど……」

「それじゃ、わたしたちがここまでしたのって、まったく意味がなかったってことなの⁉」

沙由美が綺麗に剃《そ》り落とされた恥丘を見おろして嘆く。とはいえ、パイパンの少女たちは、なかなかにそそられるものがあった。

「まあ、そういうのも、けっこう新鮮かもしれないしさ」

慰めるつもりで言ったものの、途端に理緒の瞳が悪戯《いたずら》っぽくきらめいた。

「あー。やっぱりお兄ちゃんって、ロリコンなんじゃないの？」

「馬鹿。ンなわけないだろ」

「でも、紗奈とだってエロいことしてたんだし」

「理緒ちゃんだって、おっぱいは大きいけど、まだ中学生だし」

「年なんて、おれとそんなに違わないじゃないかよ」

「でも、シスコンなのは間違いないよね」

どうあっても、なんらかのレッテルを貼らないと気がすまないようだ。

「じゃ、今日はロリロリプレイで、お兄ちゃんのお相手をしてあげる」

「ふたりでたっぷり健兄ちゃんをいじめてあげるんだからね」

淫蕩《いんとう》にほくそ笑む妹ふたりに迫られ、健太はたじたじになった。


湯につかったまま、右から理緒、左から沙由美に密着される。

ふたつの柔らかな身体に挟まれて、健太は全身の血液を滾《たぎ》らせていた。海綿体に流れこんだぶんも例外ではなく、肉根をビクビクと脈打たせるほどに暴れまわる。

「うわ、すっごい。オチン×ン、カチコチだよ」

「ホントだ。今にも破裂しそうじゃない？」

左右から伸びた可憐《かれん》な手が、牡の象徴を悪戯する。鍛え抜かれた筋肉のように、凹《おう》凸《とつ》を際立たせるところを指先で辿るばかりか、ピンと伸びきった皮を上下させ、巧みにしごきたてる。

寄り添うふたりの乳房が二の腕に押しつけられ、それにも健太は悩ましさを覚えていた。クリクリと転がる小さな突起が、くすぐったくもエロチックな衝動をかきたてる。

「ねえ、健兄ちゃんもわたしのさわって」

「せっかくお兄ちゃんのために剃《そ》ってあげたんだからさあ」

早合点したのを棚にあげ、恩着せがましく愛撫をねだる。とはいえ、健太のほうも、そうしたいと思っていたのだ。両手をそれぞれの股間に這わせ、ほぼ同時に無毛のわれめに到達する。

「ン――」

「あふ」

艶っぽい吐息《といき》がこぼれ、しなやかな裸身がビクンとわななく。鉛色《なまり》の湯面に波紋がひろがった。

（ああ、なんか、いやらしい――）

毛がないから、ブラインドタッチでも形状が丸わかりだ。肉の裂け目からはみだした花弁も、すぐにとらえられる。ピラピラしたそれは、餃子《ぎょうざ》の皮のようであった。

ふたりとも、特に毛深いということはなかったはず。年相応に清楚な繁みで、けれどあるのとないのとで、ここまで感触が違うとは驚きであった。

いじられるほうの少女たちも、いつになく感じている様子だ。狭間《はざま》に指を差し入れると、そこには早くもヌルつきが溢れていた。

「ああ、感じる」

「おま×こ気持ちいいよぉ」

あられもないことを口走り、いっそう強くしがみついてくる。ふたつの手に握られたペニスは、その握力だけで爆発してしまいそうであった。

「ねえ、チューしてぇ」

沙由美がキスをねだる。サクランボみたいな唇にくちづけてやるとすぐに、

「ああん、理緒もぉ」

もうひとりの妹も、駄々をこねるみたいに求めた。

そうやって代わるがわる唇を重ねて舌を絡ませ合い、唾液をすすり取る。額《ひたい》から滴《したた》る汗が口もとにまで伝い、キスの味をしょっぱくした。

「ね、あがってエッチしようよ」

「も、ダメ。のぼせちゃう」

それには健太も異存はなく、三人は抱き合ったまま湯から出た。充分に火照《ほて》った体に、ひんやりした空気が心地よい。

「お兄ちゃん、ここに寝て」

理緒にうながされ、湯殿に敷いてあった簀《す》の子の上に、健太は仰臥《ぎょうが》した。股間では若い陽根が、はち切れそうに隆々とそびえ立つ。

「ね、わたしが先に舐めてもらってもいい?」

「いいわよ」

「ああン。なんかいつもよりドキドキする」

沙由美がシックスナインの体勢で健太をまたいだ。無毛の股間を、少年の眼前にあらわに晒けだして。

（ああ、すごい――）

目の前に迫る羞恥帯に、健太は感動した。光が足りず影になっていたものの、十六歳の陰裂がぱっくりと開き、淫靡《いんび》な佇まいをあらわに晒していたのだ。

（丸見えじゃないか、これ）

陰毛があったときと比較して、五割増しはいやらしい。そして、しゃぶりつきたいという飢えた獣のような衝動もこみあげる。

温泉の匂いにまぎれるように、少女の秘臭が控えめに香る。それを嗅ぎ分けるべく鼻を鳴らしたとき、無毛の恥部が密着してきた。ヒップの柔らかなお肉が、頬にむにゅんと当たる。

「ひゃふう」

健太がもうひとつの唇をひと舐めするなり、沙由美が臀部をプルプルと震わせた。

「あぁッ、お兄ちゃんのチン×ンすごい」

理緒の声。ペニスの間近に顔を寄せているらしく、亀頭に温かな吐息《といき》が降りかかる。

「うわ、ガマン汁でネトネトだあ」

沙由美も露骨なことを口にする。彼女自身も、膣から粘っこい甘露をたっぷりとこぼしているというのに。

「理緒がタマ舐めするから、沙由美ちゃんはチン×ンね」

「わかった」

そんなやりとりが聞こえるなり、脚を大きく開かされる。真下から陰嚢《いんのう》が舐めまわされ、さらに屹立の先端がねっとりしたなかに包みこまれる。

「むぅぅッ」

沙由美の陰部に口もとを塞がれたまま、健太は手足をヒクヒクさせて呻いた。湯上がりの気怠い肉体に、快感が麻薬のように染み渡る。

「ン……んふ、おふ」

舌を絡みつかせ、頭を上下させての熱心なフェラチオ。睾丸《こうがん》も袋越しに吸い転がされ、むず痒い快さにひたる。美少女たちの淫らな奉仕に、腿の付け根が甘い痺れを帯びはじめた。

(ああ、たまんないよ……)

こんなふうにふたりがかりでというのは初めてではないが、これまでになく責めかたが激しい。それだけ彼女たちも発情しているということなのだろう。

沙由美の舌先が敏感なくびれを丹念に辿る。理緒の舌は汗じみた鼠蹊部《そけいぶ》や、会陰の縫い目までもチロチロとくすぐる。肛門を幾度もすぼめてしまうほどの気持ちよさに、カウパー腺液もとどまることを知らない。そうやって溢れたものは、鈴口からこぼれるのを待たずに吸われてしまう。

お返しをしなければと、健太も沙由美の恥唇を吸った。ほのかに甘い愛蜜を舌に絡め取り、陰唇の内側をクチュクチュと攪拌《かくはん》する。

「んふふふぅ」

沙由美のヒップが強《こわ》ばり、丸みに浅い窪みをこしらえる。少女のフェロモンが分泌され、顔を埋めた一帯に甘酸っぱい匂いがこもりだした。

絡みつく恥毛がないから、クンニリングスもやりやすい。秘核も容易に見つけられる。ピロピロと舌先ではじいてあげると、下半身が切なげにわななきはじめた。

「んんん、んふッ、ハふぅ」

それでもペニスから口をはずさず、一心にしゃぶりまわす。恥芯を絶え間なく収縮させ、ヨーグルトに似た醗酵臭《はっこうしゅう》をぷんぷんと放ちながら。

しかし、健太の舌が臀裂の底を這い、秘肛を悪戯《いたずら》すると、沙由美はとうとう堪えきれずに「ぷはッ」と口を離した。

「あああ、やン、お尻ィー」

身悶えて、尻の谷できゅむきゅむと舌を挟みつける。

早くも柔らかくほぐれてきた感のあるすぼまりに、舌を浅く潜りこませ、うねうねとまわしてやる。汗の味が強く、その部分はしょっぱい。熱い湯につかって体力を奪われたのか、括約筋の抵抗はあまり感じられなかった。

「やあああ、あふ、はうぅぅーン」

沙由美は悩乱の声をあげ、牡の勃起にしがみつく。クリトリスをねぶったときよりも、それは著しい反応だった。

「ねえ、お尻って、そんなに気持ちいいの？」

理緒が戸惑ったふうに訊ねる。

「う、うん。ああッ、感じるのぉ」

「そうなんだ……」

健太がアヌスを舐めたとき、理緒は嫌悪をあらわにしてそれを拒んだ。だが、姉がここまで感じまくるのを見て、興味が湧いてきたのだろう。

「ああ、健兄ちゃん、お尻がキモチいいよぉ」

沙由美も煽《あお》るように、あらわなよがりを放つ。

「理緒もクンニされたい。沙由美ちゃん、そろそろ交代して」

理緒が焦れたふうに言ったのに、沙由美は素直《す》に「う、うん」と腰をあげた。呼吸をハフハフとはずませて身を離し、簀の子の上にぺたりとお尻をつける。

「じゃ、今度は理緒だね」

代わって上に乗ってきた彼女は、いつになく情欲にまみれてトロンとした眼差しだ。十四歳の妹が垣間見せる色気に、健太はドキッとした。

沙由美と同じように逆向きの体勢になろうとしたのに、

「理緒は、どこを舐めてもらいたいんだ？」

健太がわざとらしく確認すると、普段気の強い少女は頬を紅潮させた。しかし、

「お兄ちゃんの好きにすればいいじゃない」

ぶっきらぼうに言って、年のわりにボリュームのあるヒップを、兄の顔にもふっと乗っける。

「ンぷ」

いきなりで、窒息しそうになる。健太はなんとか舌を出し、すでに淫蜜が隙間ないほどコーティングされている秘割れを舐めた。

「ひゃふッ」

一度はじかれたように浮きあがった下半身が、再び重みをかけてくる。まるで、もっとしてとおねだりするかのように。

健太はリクエストに応え、ピチャピチャ……ジュルッと派手な音をたてるほどに、舌を大胆に使った。

「あううう、お兄ちゃんのエッチぃ」

理緒の性器は、沙由美のもの以上になまめかしい恥臭をこぼす。それを自らこすりつけておいて、エッチもなにもないもんだ。懲《こ》らしめるつもりで、ぷりぷりした臀部を限界まで割り開き、妹の秘芯を吸いねぶる。

「はひっ、あ、はふうぅぅぅ」

与えられる快感に夢中というふうで、理緒のほうは健太のペニスに触れてこない。ひたすら喘ぎ、身悶えるだけ。まるで、なにかを待ち構えているかのようである。

「気持ちいい、あ、もっとぉ」

顔を挟むぷにぷにした内腿が、細やかな痙攣《けいれん》を示す。感じているとわかると、さらにいじめてやりたくなる。

見た目は幼い性器なのだ。六年生の紗奈よりもちんまりした感じだから、無毛だとますますロリータ風味が色濃くなる。背徳的というよりは、それこそ犯罪に手を染めているような気分。

(本当におれがロリコンになったら、理緒のせいだからな)

妹に責任をなすりつけ、昂《たかぶ》りのままに膣口に舌を差し入れる。

「あああ、そこぉッ」

ちゅくちゅくと舌を出し挿《い》れすると、内腿のわななきが著しくなった。チーズ臭が濃くなり、トロミの強い愛液がとめどなく溢れる。

「もお、健兄ちゃんってば……オチン×ンこんなにしちゃって」

沙由美のやるせなさげな声。強《こわ》ばりに指がまわり、コスコスと上下にしごいてくれる。かなりのところまで高まっていた健太は危うく射精しそうになり、腰をよじってなんとか耐えた。

理緒がヒップをもぞつかせる。今舌があるところよりも、もっと後ろを舐めてほしいらしく、当たる位置をずらそうとしている。

(アヌスを舐めてもらいたいんだな)

いずれは沙由美に刺激されてそうなるだろうと思っていたから、特に驚きはない。むしろようやくかという気がした。

だからと言って、すぐに思い通りにしてやるというのも面白くない。

健太は舌を移動させ、二センチもなさそうな会陰をチロチロとくすぐった。

「やあん、くすぐったい」

期待が高まったふうに、むっちりした尻肉が波打つ。可愛らしい秘肛も、早くしてとばかりに何度もすぼまった。

そして、いよいよ蕾の中心へというところで、健太はそこを飛び越え、尾骨のあたりをてろりと舐めた。

「きャン！」

そこは気持ちいいというよりもくすぐったかったらしく、双丘に鳥肌が立った。

「もぉ、やだあ」

なじる声にもかまわず、わざとアヌスを避け、甘い汗の匂いがこもった尻割れ内を舐めまくる。臀部が焦れったげに収縮し、恥裂には透明な雫《しずく》がこぼれ落ちそうに溜まっていた。

「ねえ、お兄ちゃん――」

泣きそうな声に、健太は素知らぬふうに「なんだ？」と答えた。

「そこ……ちゃんとナメてよぉ」

「舐めてるじゃないか」

放射状のシワを回避し、わざと周辺をチロチロと舐めくすぐると、理緒は「ああン」と嘆いた。

「意地悪しないでぇ」

「どこを舐めてほしいんだよ？　ちゃんと言わなきゃわからないぞ」

「わかってるくせに……」

またもどかしげに腰を揺する。もちろんわかっているのだが、これも生意気な妹に恥ずかしいことを言わせるためだ。

「理緒のそこ……舐めて」

「そこってどこだよ？」

「だからァ」

ずいぶんと逡巡していたものの、健太がしつこく他のところばかりを舐めるのに、とうとう我慢の限界にきたらしい。

「理緒のお尻の穴、舐めてッ!!」

恥ずかしいおねだりを口にしてから、「もう、ヤダぁ」とグズる。健太は待ってましたとばかりに、蕾の中心に舌を密着させた。

「きゃふんッ」

いきなりの攻撃に、少女の肉体がビクンと反りかえった。さらに細やかなシワを執拗にねぶられ、全身にわななきが行き渡る。

「あああ、気持ちいいッ」

お尻をぷるぷると震わせて、あらわな言葉を吐きだす女子中学生。焦らされたことで、より感じているという部分もあるのだろう。

沙由美のものと比べると、理緒はアヌスも全体に小作りだ。きつくすぼまっている感じで、これだとアナルセックスは無理かもしれない。まあ、彼女もそこまで求めることはしまい。あれだけいやがっていたのが、こうして舐められるのを受け入れるま

美少女文庫
あなたの想いをかなえてあげる
―"彼女たち"のライトノベルズ―
当サイトのご利用方法
新刊本
新着電子書籍
ウェブ小説
お知らせ
黒猫通信
ポイント交換商品
萌え萌えサーチ
タイトル
検索
詳細検索
待望のサイトリニューアル!
美少女♥文庫
2.0
美少女文庫の電子書籍販売が
この夏、はじまりました。
PCでも、
http://www.bishojobunko.jp
ケータイでも
どこでも、いつでも、
カノジョに逢える!
ようこそ♥
ゲスト様
ログイン
新規登録
ご登録いただくと、ポイントに応じてウェブ限定コンテンツなどを楽しみ頂けるポイントサービスがご利用いただけます
ョッピングカート内書籍
書籍：0冊
カートを見る
電子書籍販売ランキング
オススメの本・電子書籍
王道学園恋愛 Fall in Love
イラスト／MON-MON
応援します！
イラスト／
対応環境チェックペー
私のパソコン・ケータイで電子書籍っ
XMDF
このサイトで販売している電子書籍は、XMDF形式で
じめ、携帯電話、PDA、電子辞書でご覧いただけます。
子書籍をご利用になるためのソフトは、以下のページからダ
ブンコビューア

でになったのだから、それだけでも大した進歩と言える。

妹の肛穴を、健太は丹念に舐めた。尖《とが》らせた舌先で中心をツンツンとノックする。螺旋《らせん》を描くようにセピア色のところを舐めてやると、よがりが著しくなる。

「うはぁ、あああ、ンふぅ」

臀部の筋肉が絶え間なく収縮する。アヌスも忙しくすぼまった。

「理緒ちゃん、お尻キモチいいでしょ？」

沙由美の問いかけに、理緒は「うん……あああッ、いい」と答えた。

「ほら、健兄ちゃんのオチン×ンもキモチよくしてあげなくっちゃ」

「う、うん」

ガクガクと身を揺すりながら、理緒がそそり立つものの先端に吸いつく。舌をまわし、自身の昂《たかぶ》りを鎮めるかのように吸茎行為に熱中する。

（ああ、すごい――）

いつになく濃密な舌づかいだ。這いまわるそれはねっとりと熱い。敏感な部位をすべて舐めつくされ、ペニスが悦びにまみれる。

「健兄ちゃんの、すっごく硬いよ」

沙由美も肉棹に巻きつけた指を上下させる。陰嚢《いんのう》も優しく揉みあげられ、快楽三点責めに健太のほうが危うくなってきた。

「んふ、ン――くふ」

ようやくペースを取り戻したか、理緒は鼻からせわしなく息をこぼしながら、兄の勃起をおしゃぶりする。しかし、健太の舌先がこなれてきた蕾を圧《お》しひろげて直腸に侵入したことで、とてもそんな余裕はなくなったようだ。

「はふぅン、だめぇ」

勃起から口をはずし、声をあげる。兄の股間に顔を埋め、手足をワナワナと震わせた。

アヌスの輪が、舌を強烈に締めつける。それにもめげずうねうねと動かすと、理緒の腰が淫らにくねる。

「やーん、変な感じー」

快感よりは違和感が大きいらしく、悩ましさの強い声をあげる。

「理緒ちゃんもお尻で感じるようになれば、アナルエッチも好きになるよ」

沙由美が言ったのに、理緒は「それは――」と戸惑いをあらわにした。だが、はっきりと拒絶しなかったから、いずれは、肛門でもペニスを受け入れるようになるかもしれない。

（お尻を犯されたら、こいつ、どんな反応をするんだろう）

気が強く、意固地なところのある少女だから、アナルセックスには快感以前に屈辱的なものを感じるのではないか。身も心も結ばれるノーマルなセックスと違い、アヌスを差しだすということは、肉体を快感の道具として扱われるようなものだからだ。お尻の穴をペニスで塞がれたりしたら、悔し涙にむせぶかもしれない。
（たぶん最初はいやがるよな。だけど、そこを無理やり――）
兄の脳裏に、妹を凌辱する場面が浮かぶ。
《ほら、理緒の肛門にペニスが入ってるよ》
《いやいや、だめぇ。痛いんだからあ》
《そんなこと言って、本当は気持ちいいんじゃないのか？　ウンチの出る穴でセックスしてるのに》
《ほら、動くぞ》
《やだぁ、言わないで。気持ちよくなんかないー》
《あ、やーん、痛いってばあ。お尻の穴が切れちゃうよぉ》
《ああ、理緒のお尻の穴、気持ちいいよ。すごい締めつけだ》
《痛い痛いー。乱暴にしないで、お兄ちゃん――》
想像だけで、健太は背筋がゾクゾクするのを覚えた。かなり素直になったとはいえ、もとは極悪な性格に手を焼いていた妹。今でも兄や姉を差し置いて、仕切りたがり屋なのに変わりはない。そんな彼女を征服できたら、どんなに小気味よいだろう。

(こんなにちっちゃなところなんだから、ペニスをねじこんだらかなり痛いだろうな。いくら理緒でも泣きだすに違いないぞ)

サディスティックな妄想が昂《たかぶ》りを生み、アナル舐めをねちっこくさせる。さらに指でクリトリスをこねくると、腰のわななきがいっそう激しくなった。

「だめ、そんなことされたら、理緒――」

ハッハッと呼吸が荒ぶる。アヌスを舐められたままイッてしまうのだろうかと思ったとき、それより先に健太のほうが終末を迎えた。

「んんんんッ」

歓喜にまみれた腰がバウンドし、極限まで血液を集めたペニスが雄々しく脈動する。

「あ、健兄ちゃんのオチン×ン、イッちゃいそう」

リズミカルにしごきたてる沙由美の声が聞こえてすぐ、熱い樹液が尿道を貫いた。

「んうッ!」

神経の蕩《とろ》ける快感を伴っての射精。そのとき、過敏になった先端が温かなものに包まれた。

「うああ――!!」

もはやアナル舐めなど不可能。健太はめくるめく快美に翻弄され、背中を弓なりにしてのけ反った。

ピュッ、ドクドクっ、びゅくんッ——。

多量の精液が撃ちだされる。朦朧《もうろう》とする意識の片隅で、ペニスを含んだのが理緒であることを悟った。

「ンく、ん、んふ」

次々と溢れる青臭いエキスを吸い取り、喉を鳴らして呑みこむ妹。健気《けなげ》な奉仕に、健太は空想のなかとはいえ苛めてしまったことを、ひどく後悔した。

5 Wパイズリ

生命力まで吸い取られたかと思うような射精に、健太はさすがにグロッキーであった。ペニスも陰毛の上に力なく横たわり、容積を減らしてゆく。

「もう、お兄ちゃんってば、自分ばっかり気持ちよくなっちゃって」

理緒が不服げになじる。アヌスを舐められて身悶えていたのが、嘘のような変わりようだ。

「ぐったりしちゃったね。お風呂でのぼせたせいもあるんじゃない?」

沙由美が口ではフォローしてくれたものの、明らかに物足りないというふうに萎えたペニスを摘む。

「あう……」

鈍い快美が生じて、健太はピクンと四肢をわななかせた。

「ね、どうする？　オチン×ン、もう元気ないみたい」

「そんなの、また勃《た》たせればいいじゃん」

「でも、どうやって？」

「えっと——」

そんなやりとりを耳にしながら、健太は体が冷えてくるのを覚えた。発汗して熱を奪われたのに加え、この寒さでは無理もない。

（もう一度温泉に入ってあったまらないと）

そう考えたとき、理緒が、

「あ、こうすればいいよ」

そう言うなり股間に屈みこんできた。沙由美が摘んでいたものを譲り受け、自らの巨大な乳房で挟む。

にゅむん——。

柔らかな肉感触に、健太は「ああ……」と声を出してしまった。汗ばんだ肌は吸いつくよう。さらに細かいビーズをつめたようなふにふに感に、治まっていた欲望が一気にぶりかえす。

「ほら、大きくなってきた」

脈打ちだした肉根に、理緒がはしゃいだ声をあげる。それはたちまちふくれあがり、赤紫に腫れた頭部を谷間からはみださせるほどになった。

「わ、すっごーい」

沙由美も感心した声をあげる。

「おっぱいで挟まれるのって、そんなに気持ちいいの？」

「お兄ちゃんはそうみたいだよ。最初にしてあげたとき、これだけで精液出しちゃったから」

理緒はそれから、ちょっと恨みがましい目を向けた。

「そのわりに、あれ以来してほしいって言わなかったけど」

この反応は、健太には意外であった。

（なんだ。理緒のやつ、パイズリをしたかったのか？）

健太が自分から求めなかったのは、妹の肉体を道具のように扱うことにためらいを覚えたからだ。それに、あとになったら理緒のほうが、乳房を愛撫されることを拒むようにもなったし。まあ、それは誤解と早合点によるものであったのだが。

「お兄ちゃんはロリコンだから、小さいおっぱいが好きなのかと思ってたわ」

「だから、それは誤解だって」

健太が否定すると、理緒は「わかってるわよ」と悪戯《いたずら》っぽくほほ笑んだ。

「してほしいことがあったら、遠慮なんかしなくてもいいんだからね。理緒、お兄ちゃんが悦ぶことなら、なんだってしてあげるから」

健気《けなげ》な言葉に、胸が熱くなる。快感で肉体も火照《ほて》りを取り戻し、もはや寒さは感じない。

「だったら、アナルセックスもか？」

冗談めかして問いかけると、理緒は「バカ」と眉をひそめた。

「それは別の問題でしょ」

そうして、両手で支えた巨乳を、たふたふと上下に揺する。

「おお――」

柔らかくて温かい淫感触に、健太は喘いだ。

「あー、面白そう」

「ね、沙由美ちゃんも一緒にやってみようよ」

「一緒に？」

「ふたりで向かい合わせになって――」

理緒と沙由美が左右から、ペニスを真ん中にして乳房を密着させる。合計四つのふくらみに挟まれて、屹立は小躍りするようにビクビクと脈打った。

(うわ、これも気持ちいい)

微妙に異なるふたりの乳房の感触がたまらない。急に成長したこともあり、大きさでは理緒のほうが勝っているが、柔らかさは沙由美のほうが上だ。もっとも、理緒のがゼリーなら沙由美はプリンという程度の、わずかな違いである。

「あー、沙由美ちゃんのおっぱい、温かくってやわやわしてる」

理緒が楽しげに、捧げ持ったふくらみを揺すりたてる。

「あん。そんなにしたら、乳首が感じちゃう」

沙由美が頬を赤くして息をはずませる。二組の突起も重なり合って、それがクリクリと刺激し合っているらしい。

「ほら、お兄ちゃんのチン×ン、こんなに大きくなっちゃった」

「やだ、すっごくいやらしい」

四つのふくらみが合わさった中心からにょっきりと頭を出したペニスは、少女たちの白い肌とのコントラストで肉色を際立たせる。頭部のエラも完全に開き、凶悪な様相を見せつけた。

「じゃ、一緒に気持ちよくしてあげよ」

「うん」

ふたりが同時に乳房を上下させる。

「おおッ」

健太はたまらず声をあげた。挟みこまれるというよりは、包まれるという感触。ぷにぷにした柔肉が筋張ったところを摩擦し、敏感なくびれも刺激する。

「あ、乳首が気持ちいい」

「でしょ？」

理緒も沙由美も、動きに合わせて吐息《といき》をハッハッとリズミカルにする。白い肌の狭《はざ》間《ま》に見え隠れする牡の先端はこすられて赤みを増し、まさしく腫《は》れあがっているという外観。

「これ、ツバを垂らしてあげると、お兄ちゃんもっと悦ぶよ」

「そうなの？」

「うん、こうやって」

理緒は先端の真上に口を突きだすと、小泡混じりの唾液をたらりと落とした。ナマ温かなそれは粘膜を濡らし、妖しい光を帯びさせる。

「こうすれば滑りがよくなるでしょ」

「ホントだ」

再び動かされたところから、ニチュクチュと卑猥《ひわい》な音がたつ。丹念に磨かれるペニスは、オイルでも塗られたかのようにツヤツヤだ。

「ほら、沙由美ちゃんも」

「うん……」

沙由美は口をモゴモゴさせたものの、

「わたし、あんまり出ないかも」

眉をひそめ、困った顔になった。

「ね、沙由美ちゃん」

「え?」

理緒が顔を近づけて目を閉じたのに、沙由美もなにをしようとしているのか、すぐに悟ったらしい。同じように瞼《まぶた》を閉じ、唇を突きだす。

妹ふたりのくちづけを、健太は茫然と見つめた。これまでにもきょうだい全員で戯《たわむ》れるなかで、女同士、快感を与え合う場面はあった。それこそ、性器を舐め合ったりとかも。だが、目の前の光景はそのとき以上に煽情的で、心を揺さぶるものがあった。

全裸で乳房を密着させた美少女ふたり。重なった唇のあいだから、クチュクチュと行き来する舌がのぞく。互いの唾液を行き渡らせ、それによってさらなる湧出を誘っているのか。うっとりした表情と赤く染まった頰が、愛らしくもエロチックだ。

間もなく唇が離れ、しっとり濡れたふたつのあいだを、細い透明な糸がつなぐ。

理緒と沙由美は蕩《とろ》けた眼差しのまま無言でうなずき合い、顔を下に向けた。ふたりぶんの混じったものが、それぞれの口もとからトロッと糸を引いてこぼれ落ちる。

「ああ……」

多量の唾液が亀頭粘膜を伝ったとき、健太は思わず声をもらした。それだけで甘美な痺れが、全身にひろがったのだ。

「ね」

「うん」

そして、四つのふくらみが再び肉根を摩擦しだす。ヌチュヌチュとこぼれる濡れ音はいやらしさを高め、ぬめらかな感触に背徳的な悦びが増す。

「なんか、エッチな匂いがする」

沙由美が悩ましげに鼻を蠢《うごめ》かす。温められた肌の匂いと、先走りを滾々《こんこん》とこぼす牡器官の生臭さ、それに唾が混じって濃厚なケモノ臭を漂わせているのだろう。

「ああッ、おっぱいもチン×ンもネトネトだあ」

「ね、ガマン汁が白っぽくなってるよ。健兄ちゃん、このままだと射精しちゃうんじゃない?」

実際、健太は蕩《とろ》けそうな快さにひたり、全身をヒクヒクと波打たせていたのだ。

「やん、それはだめ」

理緒が焦って乳房をはずした。沙由美も離れ、淫らに濡れたペニスは物足りなさそうに頭を振り、夜空を指した。

「今度はわたしたちが気持ちよくなる番だね」

「ね、理緒が先に挿《い》れてもいい？」

「それはいいけど、おま×こ、ちゃんと濡れてる？」

「うん。さっきもいっぱい舐められたし。それにパイズリしながらドキドキして、けっこう濡れちゃった」

理緒は腰を色っぽくくねらせ、もう我慢できないという様子だ。

「じゃ、お先にどうぞ」

「ありがと」

艶めく眼差しで健太を見つめ、向かい合った騎乗位の体勢で腰をまたいだ理緒であったが、ふいに気が変わったか、身体の向きを百八十度変えた。兄に丸々としたヒップを見せつけながら、屹立の真上におろしてゆく。

「その格好でするの？」

「うん。こっちのほうが、角度的に気持ちいいんだ」

そう言って健太を振りかえり、

「本当は、お兄ちゃんの顔を見ながらがいいんだけど、そっちは沙由美ちゃんにまかせるわ」

理緒はちょっぴり寂しげにほほ笑んだ。独り占めするのは悪いと思って、健太の上半身は沙由美に譲ることにしたのだろう。

「それじゃ、挿れるね」

そそり立つものを逆手で握り、中学生の妹が幼い恥唇に男性器を導く。われめに先端をあてがい、こすりつけて充分に濡らしてから、ゆっくりと腰を沈める。

「あ、あッ、来る――」

前屈みだった背中が反りかえる。健太の目には彼女のちんまりしたアヌスが見えていたが、その向こう側に肉色の槍が呑みこまれてゆく。

「ううう……」

温かさと締めつけがペニスを犯す。ほどなく、少女のお尻は健太の下腹部と密着した。

「入った――」

ふうと大きく息をつき、理緒が上半身を震わせる。再び前屈みになって兄の両膝に手をつくと、たわわなヒップを上下に動かしはじめた。

「あふっ、あッ、すごい」

よがりをこぼし、リズミカルな快感運動を施す。逆ハート型の切れこみに濡れた肉棒が見え隠れし、それはたちまち白く濁った淫蜜にまみれた。

（理緒もかなり興奮してたんだな）

内部の熱さと、奥に引きずりこむような蠕動《ぜんどう》からも明らかだ。

「やあん、いやらしい」

沙由美が健太の顔に頬を寄せ、結合部を覗きこんだ。

「健兄ちゃんのオチン×ン、理緒ちゃんのおま×こに出たり入ったりしてる」

「もう……そんなこといちいち言わなくていいから」

息をはずませて姉をなじりつつ、理緒は休みなく上下運動をつづける。尻肉が下腹にピタピタと当たり、ややくぐもった濡れ音もそこからこぼれる。

にちゅ……クチュ、ちゅ——。

「あふっ、あ、はん、あう」

動きに合わせて喘ぎもはずんでくる。

「気持ちよさそう……理緒ちゃんのお尻の穴、ヒクヒクしてるよ」

「ああン、沙由美ちゃんのバカぁ」

「わたしもたまんなくなっちゃう」

沙由美は潤んだ瞳で健太を見つめると、唇を重ねてきた。わずかにひんやりした唾液を流しこみ、舌を差し入れてくる。

健太はかぶさってきた彼女を抱きしめると、濃厚なくちづけに応えた。舌を絡めかえし、歯茎や唇の裏を舐めてやる。

妹とセックスしながら、もうひとりの妹とキスをする。冷えた背中をさすってやると、沙由美は嬉しそうに身をくねらせた。

「ああ、もう、イキそう――」

早くも上昇に向かったらしく、理緒のあられもない声が聞こえた。

「健兄ちゃん、理緒ちゃんのおま×こ、気持ちいい？」

沙由美が赤らんだ頬で訊ねる。

「うん。気持ちいい」

「イッちゃいそう？」

「……うん、たぶん」

「いいよ、理緒ちゃんのなかにいっぱい出してあげて。オチン×ンが小さくなっても、またふたりがかりで、おっぱいでいじめてあげるから」

悪戯《いたずら》っぽい微笑に胸を高鳴らせた途端、欲情のトロミが尿道をせりあがってきたのを感じる。

「ね、おっぱい吸って」

身体を離した沙由美が、顔の真上に乳房を持ってくる。淡いピンクの尖《とが》りを、我が子に母乳を与えるかのように口もとへと差しだす。

さっきのパイズリの名残《なごり》か、胸の谷間からなまめかしい匂いが漂う。それにうっとりしながら、健太はほんのり甘い乳首を吸った。

「あふン、感じる」

沙由美が胸をそらせる。

「ああ、あっ、いいッ、イッちゃう――」

理緒の動きがあわただしくなる。下腹にぶつかるヒップがたぷたぷと揺れるのが、見なくてもわかった。膣内の熱さと締めつけも著しい。

沙由美の乳頭を味わいながら、健太は腰を突きあげた。

「はひいッ、ア、あああッ、いくぅ！」

理緒が全身を暴れさせる。モグモグと甘咬みするような柔襞の締まり具合に、健太も射精欲求がマックス寸前になった。

（あああ、いく――）

沙由美の乳首を強く吸い、全神経を蕩《とろ》かすオルガスムスに身を委ねる。

「ああ、キモチいいッ」

乳房を与えた少女も、喘ぎを大きくしてのけ反った。

「あふっ、あ、あはぁ、あ――」

脚の上に、理緒の柔らかな肉体が力尽きたように倒れこんできた。ペニスを咥《くわ》えこ

んだままの狭穴は、なおもきゅむきゅむと収縮し、爆発へといざなう。

(間に合った――)

健太は躊躇《ちゅうちょ》することなく、膣奥にたっぷりと牡汁を放った。

「あン、熱いー」

ほとばしりを感じたか、理緒がヒップを悩ましげにくねらせる。

ドクドク、ひくん――。

めくるめく快美を伴っての射精。若茎の脈打ちは、なかなか治まらなかった。

(気持ちいい……)

下半身が気怠さにまみれている。心地よい疲労に、なにをするのも億劫。それでも
健太は、沙由美の乳頭を熱心にねぶりつづける。

「理緒ちゃん、イッたの?」

沙由美の質問に、理緒はハァハァと呼吸をはずませることで答える。

「健兄ちゃんも出しちゃったの?」

乳首を含んだまま、健太は鼻息を荒くしてうなずいた。

「ひょっとして、もう無理?」

沙由美の心配そうな問いかけに、理緒が代わって答えた。

「だいじょうぶ……お兄ちゃんのチン×ン、まだおっきなまんまだから」

実際、妹のなかで、健太のものは少しも強《こわ》ばりを解いていなかった。快い状態がつづきすぎて、勃起ゲージが振りきった状態になっているのかもしれない。

「よかった。じゃ、次はわたしね。お尻と、それからおま×こにも挿《い》れてもらうんだから」

身を起こし、淫蕩《いんとう》にきらめく瞳を見せる少女に、健太は夢見心地の気分であった。

三の湯 お客様はロリータ軍団!?

1 裏山の薬草

翌日、連泊以外の宿泊客は、昼前には宿を出た。次の予約客が入るのは午後四時過ぎぐらいとかで、「それまでは休んでいていいわよ」と、健太たちは桃華から休憩のお許しをもらった。

「朝からご苦労様。夕方からまた忙しくなるから、そのときはよろしくね」

笑顔でねぎらわれると、多少は疲れも癒される。とはいえ、昨夜は深夜過ぎまで淫らな戯《たわむ》れに耽《ふけ》り、それでいて今朝は五時起きだったのだ。ここで休んでおかないと、さすがにまずいという状況。

「理緒はお昼寝するー」

「わたしもー」

部屋で昼食をすませるやいなや、理緒と沙由美は下着姿になり、敷きっぱなしだった布団に倒れこんだ。そうして仲良く抱き合い、たちまち寝息をたてはじめる。

（いい気なものだなあ）

露天風呂で一度ずつ絶頂させたあと、部屋に戻ってきてまた求められた健太のほうが、よっぽど疲れている。そんな兄を放っておいて、妹ふたりは高いびきとは。

健太はやれやれと肩をすくめ、昼食のお膳を厨房に運んだ。それから、自分もひと休みしようと部屋に戻りかけたものの、

（その前に、ひとっ風呂浴びてこようか）

考え直して、浴場のほうに向かった。思春期特有の甘ったるい匂いをぷんぷんと放つ少女たちと一緒の部屋にいると、またおかしな気分になりそうな気がしたのだ。

タオルは脱衣所にもあったよなと思いかえしつつ、玄関脇の受付の前を通ったとき、奥から桃華の声が聞こえた。

「ええ、はい……わたくしもニュースで知りましたの……こんな時季に大変ですねえ……はい……そうですね。お互い様ですし、私どもも協力させていただきます……六人ですね。それならだいじょうぶです……あ、もう向かってらっしゃるのですね。わかりました、すぐに準備いたしますから……いえ、どういたしまして」

どうやら電話でのやりとりらしい。

（急な予約でも入ったのかな？）

予定していなかったお客が来るのは間違いないようだ。となれば、こんなところでうろうろしていたら、なにか用事を言いつけられるかもしれない。健太は足早に、しかし足音はたてないように、その場を離れた。


男湯に客の姿はなかったものの、見知った人がひとりいた。

「おう、お前さんも風呂かい」

機嫌のよさそうな笑顔を見せたのは、厨房《ちゅうぼう》を取り仕切る板長の定治《さだじ》さんだ。年は五十歳をとうに超えているらしく、短髪の頭は真っ白。顔に刻まれた皺も深い。だが、働きぶりはきびきびしているし、なにより威勢がいい。

「ええ、まあ」

健太はいくぶんオドオドしつつ掛け湯をすると、定治から離れたところで湯船に足を入れた。露天のほうは岩風呂だが、なかは立派な檜《ひのき》風呂。木の香と温泉の匂いが混じって、馥郁《ふくいく》とした香りが漂う。

「もっとこっちに来ればいいじゃねえか」

不服そうに口を尖《とが》らせた定治であったが、ふいに納得したというふうにニヤリと笑った。

「なんだ、そんなに俺が怖いのか?」

言われて、「いえ、そんなことは」と否定した健太であったが、実はその通りであった。

昨日は、厨房に入ってからずっと、定治に怒鳴られっぱなしであった。いきなり手伝わされたわけであり、任されたのも皿洗いや野菜の皮剝きといった簡単なものであったが、「手際が悪い」だの「役立たず」だの、容赦《ようしゃ》なく罵倒された。厨房以外から手伝ってほしいと声がかかったときなど、喜んで飛んでいったぐらいだ。

「昨日は悪かったな。怒鳴ったりして」

「あ、いえ……」

「なにしろ、初対面でまず怒鳴りつけるってのが、俺の流儀なもんでな。ここの板場に入ってずいぶん経つが、ずっとそうやってきたんだ」

「そうなんですか……」

「だが、あんなに怒鳴りつづけたのは、ずいぶんと久しぶりだぜ」

からかうような目つきの彼に、自分はそんなに役立たずだったのかと、健太は落ちこんだ。こんなことなら風呂になど来ないで、理緒や沙由美と昼寝をしてるんだったと思ったものの、

「俺は、見こみのあるやつしか怒鳴らねえことにしてるんだ」

定治のこの言葉に、「え？」となった。

「最初に怒鳴った段階で、こいつは仕事ができるかできないかってのは、だいたいわかる。だめなやつは、怒鳴られたらすぐに不貞腐《ふてくさ》れるからな。なにクソと奮起することもねえし、怒鳴られないようにしようと努力することもねえ。ようするに、仕事をする気がないってことさ。そんなやつは、俺は二度と怒鳴りつけねえよ。どうせすぐにだめンなって辞めてくんだからな。相手をするだけ無駄ってもんだ」

健太は「はあ」と、戸惑いつつうなずいた。

「つまり、俺がお前さんをずっと怒鳴ってたのは、見こみがあるってわかったからさ。今どきの若いやつなら、あれだけ言われたらすぐにでも板場を飛びだしたっておかしくないんだが、お前さんは違った。ちょっとでもマシになろうと努力していた。だから俺は安心して、というより期待して怒鳴ってたんだ」

「そうだったんですか……」

理由がわかって安堵《あんど》するのと同時に、健太は胸が熱くなるのを覚えた。定治のように仕事に厳しい人から認められたということが、単純に嬉しかったのだ。

「ところで、どんな仕事にも共通して大事なものがあるんだが、お前さんは知ってるかい？」

「いえ」

「まごころさ。誠実さと言ってもいい。金を儲けようとか誰かに認められようとか、そんなことばかり考えてたら、どんな仕事だってうまくいきゃあしない。とにかく目の前のことを精魂こめてやり遂げる。それが大切なんだ」

定治は風呂の湯で顔を洗うと、「ふう」と大きく息をついた。

「俺は、お前さんからそれを感じたぜ。こんなジジイにうるさく言われながらも、手を抜かずにちゃんとやろうって気構えをな。まだ若いのに、できた男じゃねえか」

「そんなことはないですよ」

「謙遜《けんそん》すんなって。ま、たぶん今日も怒鳴りつけるかもしれねえが、そういうことだから勘弁な」

「いえ……こちらこそ、よろしくお願いします」

健太はペコリと頭をさげた。ただ頑固で怖い人だとばかり思っていた定治に、信頼と親しみの情が湧く。

「それに、俺がうれしいのは、あゆみお嬢さんがすっかり元気になってくれたことさ」

「え、あゆみちゃん？」

「ああ。あの子は、友達もいないこんなところに来て、ずっと寂しかったはずなんだ。だが、すごくいい子でな。誰に対しても優しいし、まわりに心配かけないよう、気丈に振る舞ってたよ。俺は、どうすればあの子が、本当に心から笑ってくれるようになるか、ずっと考えてたんだ」

あゆみが寂しがっていたことを、定治も見抜いていたとは。それだけ彼女を可愛がっているのだろう。

「だが、お前さんたちが来てくれて、あゆみお嬢さんは見違えるようになったよ。あの子のあんなに明るい笑顔を、俺は初めて見た。そういう意味でも、俺はお前さんたちに感謝してるんだ。ありがとうな」

定治に頭をさげられ、健太は「いえ、おれはべつに」と恐縮した。

「お前さん、気がついてたか。あゆみお嬢さん、板場にお膳をとりに来るとき、いつもお前さんのほうを見てたんだぜ」

「え、そうなんですか？」

「ああ。うれしそうにニコニコして、ポッとほっぺたを赤くしてたんだ。ニクいね、この野郎」

定治がいきなりバシャッとお湯をかけてきて、健太は「わっ」とのけ反った。

「ったく、年甲斐《としがい》もなく妬《や》けちまうぜ」

冷やかすようにニヤリとほくそ笑む。なかなかに茶目っ気のある人物のようだ。

「あの、そういうんじゃなくって、あゆみちゃん、たぶんおれのことをお兄ちゃんみたいに――」

「ああ、知ってるよ」

あっさりとかえされ、健太はきょとんとなった。

「やっぱりひとりっ子で寂しいんだろうなあ。あの子は、きょうだいが欲しくてしょうがないのさ。知ってるか？　あゆみお嬢さんは夜遅くに、ここの露天風呂によく来てるんだ。どうしてだかわかるか？」

「さあ……」

「若旦那と若女将《わかおかみ》に気をつかってるのさ」

「気をつかうって？」

「これだよ」

定治はお湯から拳を突きだし、健太に向けた。それも親指を、人差し指と中指のあいだに挟みこんだものを。卑猥《ひわい》なサインに、どういう意味か理解する。

「家族で住んでる離れは狭いから、自分がいたら邪魔だろうってわかってるんだよ。それでうまくハメてもらって、早く弟か妹をつくってもらえるようにって考えてるのさ。たぶん、お星さまにも祈ってるんだろうよ。健気《けなげ》じゃねえか」

露骨な表現に顔が熱くなりながらも、あゆみの気持ちは理解できる気がした。

「だから俺も、及ばずながら協力させてもらってるんだよ」

「協力って？」

「裏山に、いい薬草があるんだ。それを煎《せん》じて飲めば、ナニがギンギンってやつがな。若旦那のお茶に、俺はよくそれを混ぜてやってるんだ。まあ、若女将《わかおかみ》もなかなかの別嬪《べっぴん》だから、そんな必要はないかもしれないが、念には念をってわけだ」

ワハハと豪快に笑う定治につられて、健太も笑った。

「どうだ、お前さんもその薬草を飲んでみるか?」

「いや、おれは――」

「まあ、若いからそんなものに頼らなくても、毎朝元気ビンビンってとこか」

そう言って、また愉快そうに笑う。それから壁の時計を見あげて、

「おっといけねえ、仕込みをやらなくちゃいけねえんだ。お前さんはゆっくりつかってな。また後でよろしく頼むぜ」

「はい。こちらこそ」

「それから、俺がべらべらしゃべっちまったこと、あゆみお嬢さんには内緒だからな」

「もちろんです」

ふたりは顔を見合わせ、ニヤリと共犯の笑みを浮かべた。

「じゃあな」

「お疲れ様です」

定治が浴場を出ていったあと、健太はふうとひと息ついて立ちあがった。

「露天風呂に行ってみようかな……」

つぶやいて、檜風呂《ひのき》から出た。

2　お客は紗奈ちゃん？

気持ちよく寝ていたところを、理緒と沙由美は桃華に揺り起こされた。

「なあに、もぉ」

沙由美が不機嫌そうに頬をふくらませたのに、桃華は「ごめんね」と両手を合わせた。

「急に団体さんが来ることになって、ちょっと手伝ってほしいのよ」

「団体って、そんなに大勢来るんですか？」

理緒が目をショボショボさせながら訊ねる。

「ええと、六人だから、団体っていうか小グループね」

「なあんだ」

これは沙由美。

「ここの隣りの部屋に入ってもらうことにしたから、お布団とか浴衣とか準備しておいてもらえるかしら。あ、まだ着物じゃなくて、普段着でいいからね」

「はあい」

「わかりました」

ふたりはセーターにジーンズというラフな格好になると、使われていなかった隣りの部屋を簡単に掃除し、布団部屋から布団を運びこんだ。

「ここ、今夜お客さんが入るっていうんじゃ、エッチできないね」

理緒が布団を押し入れにしまいながら、落胆をあらわにする。

「さすがに隣りだと聞こえちゃうもんねえ。なんてったって理緒ちゃん、アノときの声がおっきいから」

「なによそれ。沙由美ちゃんもでしょ!?」

「わたしは理緒ちゃんみたく、はしたない声をあげたりしないもん」

「嘘ばっかり。『お尻がキモチいー』とか言って、いっつもヒーヒーよがってるじゃない」

「ひどぉい。理緒ちゃんのイジワル」

「沙由美ちゃんが先に言ったくせに」

「なによ」

「やる気!?」

昼寝を中断された苛立ちもあって一触即発になりかけたものの、すぐに不毛だと気がついて、ふたりは睨み合いを中止した。

「やめよ。こんなことで喧嘩するなんて馬鹿馬鹿しい」

「そだね」

ため息をつきつつ、てきぱきと作業をつづける。

「だけど、こんな山奥の宿に急なお客さんって、どうしてだろ？」

「ねえ。泊まるところなら、ふもとのほうにいっぱいあるのに」

「そっちは全部満室だったとか」

「そっか。そうでなきゃ、こんなところまで来ないよね」

お客を受け入れる準備を終え、理緒と沙由美は階下に向かった。受付に行き、奥の帳場にいるであろう桃華に、

「叔母さん、終わったよー」

沙由美が呼びかけたのとほぼ同時に、玄関の戸が開いた。

「お邪魔しまーす」

「よろしくお願いしまーす」

妙に甲高《かんだか》い声に振りかえれば、玄関口にずらりと並んだのは、明らかに年下とおぼしき少女たち。ひーふーみーの総勢六人。そのなかのひとりを目にするやいなや、理緒も沙由美も目を丸くした。

「え、紗奈!?」

「なんだってあんたが?」

「あ、やっぱりここ、桃華叔母ちゃんのところだったんだね」

末の妹は、きょとんとした顔でふたりの姉を見つめた。

「はーい、いらっしゃい」

帳場から出てきた桃華が、にこやかに少女たちを迎える。

「ちょっと叔母さん、どうして紗奈たちがここにいるのよ!?」

沙由美につめ寄られ、「え?」とたじろいだ桃華であったが、グループのなかに見覚えのある顔を見つけると、すぐに相好を崩した。

「あら、紗奈ちゃんも一緒だったの。まあ、偶然」

「こんにちは、桃華叔母ちゃん」

「はい、こんにちは」

能天気な挨拶を交わすのに、理緒も沙由美も焦れったげに顔をしかめる。そのとき、少女たちの後ろから引率らしき若い女性が顔を出した。

「すみません、この六名ですが、よろしくお願いします」

「はい、お任せください」

「それで、申しわけないのですが、わたくしは他にもまわるところがありますので、これで失礼させていただきます」

「わかりました、お気をつけて」

「有川《ありかわ》先生、またねー」

「あなたたち、旅館の人の言うことをちゃんと聞いて、いい子にしてるのよ」

「はーい」「わかりましたー」

「では、お願いいたします」

「はい、いってらっしゃいませ」

女教師が去り、まだ事態が呑みこめずにいる理緒と沙由美に、桃華が説明した。

「あのね、この子たちが泊まっていたホテルがゆうべ食中毒を出して、営業停止になっちゃったのよ」

「えー!?」

「それで、宿泊客を他のホテルや旅館で分担して泊めることになったの。同じ温泉のお客さんだし、こういうときは助け合わないとね。だけど、スキーシーズンでどこもいっぱいだったから、ウチでも受け入れることになったの」

それでようやく、ふたりは「なるほど」と納得した。

「だけど、そんな大変なことになったんなら、スキー合宿なんか中止にして、さっさと帰ればよかったじゃない」

理緒が無慈悲に告げたのに、紗奈は慣れっこだという顔つきで、「そういう話もあったんだけどね」と答えた。

「なんか先生たちが、予算のシッコウがどうだとか、行事のニッテイとジスウのフリカエがとか、よくわかんないこと話してて、結局スキーはいいから、雪山で自然学習をしようという結論になったみたい」

なんともいい加減なと、姉ふたりも叔母もあきれかえった。

「で、泊まれるところを確認してから移動したんだけど、やっぱり部屋が足りないとかでたらいまわしにもあって、ボクたちだけがこっちまで来たってわけ」

そこまで話して、紗奈はふうと疲れきったため息をこぼした。

「朝からずっと車に乗せられてたから、ボク、もう疲れちゃった」

「あら、ごめんなさいね。さ、沙由美ちゃん、理緒ちゃん、みんなを部屋に案内してあげて」

「わかりました」

「荷物を片づけたら、すぐにお風呂に入ってあったまるといいわ」

「わーい、温泉大好き」

「楽しみー」

「じゃあみんな、あがって。部屋は二階だからね」

「そう言えばお兄ちゃん、どこに行ったんだろ……?」
てゆく。その後につづきながら、理緒はポツリとつぶやいた。
きゃいきゃいとにぎやかな六年生の少女たち一行を、沙由美が先導して部屋に連れ
「お邪魔しまーす」

3 恐るべき子供たち

露天風呂のほうに足を進めたところ、またも先客がいたものだから、健太はドキッとして立ちどまった。しかも、今度は男ではない。

「あ——」

すぐにこちらに気がついて振りかえったのは、あゆみだった。健太はあわててタオルで前を隠した。

「やっと来てくれた……わたし、ずっと待ってたのに」

「え?」

「健太お兄ちゃんがお風呂のほうに行くのが見えたから、きっと露天風呂にも入るだろうなって思って、先に来てたの」

「そうだったのか」

と、あゆみは「あっ」と小さな声をあげ、背中を向けた。

「はい、どうぞ。わたしは後ろを向いてるから、早く入って」

昨夜、自分がしたのと同じことをしているのだとわかり、健太は苦笑した。

(昼間だし明るいけど……ま、いっか)

一度は一緒に裸の付き合いをしたのだし、かまわないだろう。健太は遠慮なく湯船に足を入れ、体を沈めた。お湯に揺らめく彼女の白い裸体を、遠慮がちに眺めながら。

「もういいよ」

声をかけると、あゆみが恐るおそる身体の向きを変える。その頬は、さすがに真っ赤になっていた。

「ゆうべも一緒に入ったのに、なんだか恥ずかしい……」

つぶやいてうつ向く少女に、健太は昨晩以上に胸が高鳴るのを覚えた。三人の妹たちとは違ったキャラクターだから、新鮮に感じられるのだろうか。

(可愛いなあ、あゆみちゃん)

家まで連れ帰って、本当に妹として一緒に生活したいと思う。だが、他の三人との関係を考えると、やはり無理だ。そういう欲望にただれきったところに、こんな純情な子を引きこむわけにはいかない。

(やっぱりあゆみちゃんは、寂しいかもしれないけどここにいて、いずれ生まれる弟

か妹と一緒に、家族や宿の人たちと仲良く暮らすのがいいんだろうな）

穢《けが》れない少女には、それが最良の選択だろう。もしも寂しいようだったら、せめて都合がつくときには遊びにきてあげたいなと、顔を伏せた彼女を見つめながら考えたとき、

「……あの、健太お兄ちゃん」

あゆみがうつ向いたまま声をかけてきた。

「なに？」

「わたし、ゆうべ……見たの」

「見たって？」

「健太お兄ちゃんが、沙由美姉ちゃんや理緒お姉ちゃんと、ここでしてたこと」

そこまで言って顔をあげたあゆみは、これまでになく思いつめた表情。告げられた内容とも相まって、健太は衝撃を受けた。

（あれを、あゆみちゃんが――!?）

昨夜は、立ち去ったあゆみとほとんど入れ替わるようにして、理緒たちがやって来たのである。女湯に引っこんだ彼女にも、その声が聞こえたのだろう。そうすれば、なにをしているのかと様子をうかがうことも――、

（充分考えられることだったのに！）

自身の迂闊《うかつ》さに、健太は歯嚙みする思いだった。両親の営みを邪魔しないよう、気をきかせるぐらいの少女だ。親戚の兄妹たちがなにをしていたのかということも、すぐに理解したであろう。

(ショックだったろうな、あゆみちゃん)

兄と慕っていたはずが、妹たちと淫らなことをしていたのだ。上目づかいでこちらを見据える瞳は、不埒《ふらち》な行ないを責めているように感じられた。

(ああ、絶対に軽蔑されてるよ……)

お兄ちゃんなんて呼ばれ、浮かれていた自分が滑稽《こっけい》に思える。居たたまれず、ここは謝って立ち去るしかないかと腰を浮かせかけたとき、

「わたしね、びっくりしたの」

あゆみの言葉に、健太は動きをとめた。

「びっくりしたっていうか……ショックだったっていうか――」

それはそうだろうと、健太はかえす言葉もなかった。

「沙由美姉ちゃんは、もともとお隣りさんだからいいとして、理緒お姉ちゃんは本当の妹なんでしょ？　それなのに、あんなことしてたんだもん」

健太自身、許されない行為であるということは重々承知している。だからこそ、仮に非難されることになっても逃げたりしないで、自分たちの想いを貫くという覚悟を

決めていた。

だが、やはり他人から過ちを指摘されるのは、つらいものがあった。まして、純真な少女からというのは。

(やっぱり、おれたちは間違ってたんだろうか……)

そんな思いに囚われ、ますます沈みこむ。

「だけどわたし、うらやましくなったの」

「え?」

言ったことの意味がわからず、健太はあゆみを見つめた。彼女のキラキラと輝く瞳が、まっすぐにこちらを向いている。

「だって、妹なのにそこまでするっていうことは、それだけ大切に想ってるってことなんでしょ? 理緒お姉ちゃんは、すごく愛されてるっていうか——」

あゆみは小首をかしげ、「違うの?」と確認した。

「いや——」

なんと答えればいいのか返答に窮し、しかし健太は、あらためて自分自身に言い聞かせた。

(理緒も、沙由美ちゃんも、紗奈ちゃんも、誰よりも大切な妹なんだ。おれは、三人のためならどんなことでもする、なんだって耐えるって誓ったんだ)

それでようやく、自分を取り戻すことができた。

「たしかにそうだよ。おれは、理緒や沙由美ちゃんを愛してる。もちろん紗奈ちゃんも。みんな、本当に大切な妹だから」

ためらわず、きっぱりと言いきったことで、心がすっと楽になった。なにを卑屈になっていたのだと、今は自分の気持ちに正直になれる。

「よかった。沙由美姉ちゃんたちは、やっぱり幸せってことだよね。健太お兄ちゃんにあれだけ愛されて」

あゆみがほほ笑んだのにも、胸を張ってうなずく。

「あのね、だからわたしも、健太お兄ちゃんの本当の妹になりたいの」

しかしこれには、健太は「へ？」となった。

「わたしも、沙由美姉ちゃんや理緒お姉ちゃんみたいに――」

そこまで告げたところで、女湯のほうから声が聞こえてきた。何人もの少女たちのものらしき、にぎやかな嬌声《きょうせい》が。

「いけない。誰か来た！」

あゆみは焦ったのか、その場に立ちあがった。裸体を隠すことも忘れて。

お湯の滴《したた》る鮮烈なヌードが、健太の目を射る。あどけないふくらみの乳房。そして、わずかに萌える秘毛が濡れて張りつく、処女のわれめ。

「キャッ！」

すぐに気がついて、あゆみはしゃがみこんだ。パシャッと飛沫《しぶき》があがり、湯面に波紋がひろがる。

「……健太お兄ちゃん、見た？」

真っ赤な顔で訊ねられ、つい正直に「う、うん」と答えてしまう。

「やあん、もぉ――」

身悶えて恥ずかしがったものの、あゆみはすぐに真顔になった。

「いいわ……どうせいつかは、全部見せなきゃならないんだし」

決意を滲《にじ》ませた少女の瞳に、健太はたじろいだ。

「あゆみちゃん――」

「さっき言ったこと、わたし、本気だから」

頬を染め、あゆみがすっくと立ちあがる。今度はためらうことなく、年上の少年に一糸まとわぬ素肌を見せつけた。

（ああ、綺麗だ）

大人になりかけの瑞々《みずみず》しいヌードに、健太は感激した。稜線にいくぶん固さが残るものの、濡れた肌はまさにバージンの輝き。少女期の今しか持ち得ない幼いエロティシズムが、牡の情欲を昂《たかぶ》らせる。

放心状態で見つめる年上の少年に、あゆみが満足げにうなずく。しかし、またも聞こえてきた声に顔色を変え、はじかれたように風呂からあがった。

健太が振りかえったときには、彼女は愛らしいお尻をぷりぷりとはずませ、岩壁の向こうに消えてしまった。あとにはきっぱりと告げられた言葉だけが、頭のなかに反響する。

『わたし、本気だから――』

（本気って、いったい……）

はっきりと口にしたわけではなかったが、ようするに、理緒たちにしていたのと同じことを求めているということではないのか。つまり、セックスを。

（それはまずいだろ）

たしかにあゆみを妹にしたいとは思ったが、それは肉体関係抜きの、純粋な気持ちからだった。むしろ理緒たちと戯《たわむ》れるみたいに、彼女を穢《けが》すことがあってはならないと考えていた。

（――待てよ。おれは、理緒たちを穢したのか？）

自身に問いかけ、そうじゃなかったはずだと思い直す。あゆみに告げたように、理緒たちへの想いは純粋なものだった。だからこそ、身も心も結ばれたのだ。

だったら、同じ気持ちをあゆみにもいだくのであれば、同じように肉体関係を持つのは当然のこと。実際、彼女もそれを望んでいる。

（いや、だからって……）

それでも逡巡してしまうのは、あゆみが純粋すぎるからだろう。もちろん理緒たちが不純だというのではない。長い年月をかけて兄への気持ちを確固たるものにしてきた妹たちと異なり、彼女は性急に結果を求めようとしている。それだけ一途で、まっすぐであるということなのだが。

いったいどうすべきなのかと頭を悩ませたとき、にぎやかな声がこちらに近づいているのに気がついた。

（ヤバい。早く出ないと――）

しかし、そう思ったときにはもう遅く、少女たちの集団が岩壁の向こうから現われた。その先頭にいた見知った人物に、健太は仰天する。

「あ、健兄、やっぱりここにいたんだね」

タオルで股間を隠しただけ。ふくらみかけのおっぱいを恥ずかしげもなく晒してニコニコしていたのは、末の妹の紗奈であった。

「さ、紗奈ちゃん、どうして⁉」

「あー、やっぱり外は寒ーい。みんな、早く入ろ」

驚く健太を無視して紗奈が声をかけ、少女たちがいっせいに湯船に飛びこんでくる。

彼はそれを、呆気にとられたまま眺めることしかできなかった。

「わあ、気持ちいい。ここの温泉最高ー」

湯のなかでのびのびと手足を伸ばす妹に、

「——なんで紗奈ちゃんがここに?」

ようやく訊けたのは、当然の疑問であった。

「んとね、泊まってたホテルが食中毒出して、営業停止になっちゃったんだ。それでボクたち、あちこちのホテルや旅館に振り分けられたってワケ」

「じゃあ、ふもとの温泉街にいたのか」

「うん。でも、健兄たちがここにいるって、来るまでわかんなかったけどね」

そうすると、この子たちは全員六年生なのか。紗奈の背後に身を隠すようにしているのが、数えてみれば五人。合計十二のいたいけな瞳を向けられて、健太は気まずいやら恥ずかしいやらで落ち着かなかった。

一方少女たちは、この場にいる唯一の男を、肩までお湯につかったまま興味深げに見つめている。まさに多勢に無勢。そのせいか、彼女らはさほど恥ずかしいとは感じていないらしい。集団の力のなせるワザか。

「そう言えば、さっきそっちであゆみちゃんに会ったよ。健兄、あゆみちゃんと混浴してたんだね」

言われて、健太はうろたえた。

「なんだよ、混浴って!?」

「だって、ここの露天風呂は混浴なんでしょ？　でも、よかった。他の男の人がいたらヤだったけど、健兄なら平気だし」

「なんで平気なんだよ？」

「だって、健兄にはもう何回もハダカを見られてるし、ボクも健兄のなら見慣れてるじゃない」

「ば、バカ」

友達がいる前でなんてことを言うのだと、健太は赤くなったり蒼くなったりであった。これでは完全に誤解——いや、正解か——されてしまう。焦りまくり、頭に血が昇った状態。

「ね、紗奈ちゃん——」

そのとき、後ろにいた少女のひとりが、紗奈になにやら耳打ちをした。

「……うん、そうだね」

ニヤッと企む笑みを浮かべた紗奈に、健太はいやな予感がした。

「ね、健兄、ちょっと協力してくれない？」

「きょ、協力って？」

「実はボクたち、ゆうべ泊まったホテルでも同じ部屋だったんだけど、ずっとエロい話をしてたんだ。男の子のペニスはどんなふうなのかとか、セックスのときってどんな感じなのかとか」

あからさまな発言に、ますます気が動転する。修学旅行や合宿での深夜の猥談《わいだん》は、もちろん健太にも経験がある。だが、こんな年端もいかない少女たちが同じことをしていたとは、なかなか信じられなかった。

(これも早すぎる性教育の悪影響なんじゃないのか?)

そんなことを考えたものの、

「だから、健兄に見せてほしいんだ。男の子のサンプルってことでペニスとか、あと、できれば射精するところも」

「お前、いい加減に——」

もともと奔放な少女ではあったが、ここまで来るとまともとは思えない。

そのとき、ふいに目の前が緑色になり、健太は意識を失った。

4 いたいけな戯れ

「ふうん。ペニスってこんななんだ」

「ね、面白いでしょ？」

ようやく気がついた健太の耳に、そんなやりとりが聞こえた。

（あれ、おれは……？）

どうやら風呂でのぼせて、気を失っていたらしい。背中に当たる感触から、簀《す》の子に寝かされているとわかる。

だが、このくすぐったいような、覚えのある奇妙な感覚はいったい——!?

ゆっくりと瞼《まぶた》を開いた健太は、目に映ったものに愕然となった。

仰臥《ぎょうが》した自身を取り囲む、六つの裸体。むちむちと女らしく丸みを帯びたものから、完全な幼児体型までさまざま。それらが紗奈をはじめとする六年生の少女たちであると思いだした途端、完全に目が覚めた。

「おい、ちょっと——」

あわてて飛び起きようとしたものの、思うように身動きがとれない。体の中心をしっかりとつかまれていたからだ。

「あ、気がついた、健兄？」

あどけない微笑を向けたのは、腰の近くに座っていた紗奈。そして彼女の右手は、いつの間にか勃起していたペニスを握っていた。

「な、なにやってるんだよ!?」

うろたえ気味になじったものの、

「ん？　健兄のペニスをみんなで観察してたの」

紗奈は悪びれもせず告げて、屹立をとられた手を上下に動かす。

「あうッ」

快感が腰骨を砕けさせ、健太はのけ反って呻いた。

「ね、ペニスってこんなふうにしごいてあげると、男の子は気持ちいいんだよ」

得意げにレクチャーする紗奈に、周囲の少女たちは「へえー」と感心することしきりであった。

実物の男性器、しかもエレクトして凶々《まがまが》しい姿を呈したものを前にしているのに、彼女たちは理科の実験でもするみたいに平然とした顔つきだ。健太は異星人に取り囲まれているような気分だった。

（今どきの六年生は、みんなこうなのか？）

大胆で奔放なのは、どうやら紗奈だけではないらしい。

もっとも、友達が一緒だから平気だという部分があるのかもしれない。学校や家庭を離れた合宿という場で開放的になっており、そういう場の作用に加え、あとはみんなでいじれば怖くないというやつか。

ともあれ、全裸の少女たちに囲まれて、健太はペニス以外すっかり萎縮していた。

いったいなにをされるのだろうと、背筋が寒くなるのを覚える。まさに俎上《そじょう》の魚。

「男子のオナニーは、こんなふうにペニスを握ってしごくんだって。けっこう単純だよね」

慣れた手つきで肉根を摩擦しつづける紗奈。健太は募る快美に腰を揺すりながらも、さすがにまずいだろうと眉をひそめた。

（こんなことして、おれたちの関係が怪しまれたらどうするんだよ⁉）

兄のペニスをみんなで観察、いや、弄《もてあそ》ぶなど、あまりに常軌を逸した行為だ。この兄妹はいつもこんなことをしているのかと、疑ってくれと言っているようなもの。

「ほら、先っちょから透明な液体が出てきたでしょ。これがガマン汁とか先走りとか言われてる、男の子が興奮したときに出すやつなんだよ。正式な名前はカウパー腺液っていうの」

「さすが紗奈ちゃん、くっわしー」

「ひょっとして、いつもお兄ちゃんのペニスをいじってるの？」

「まさか。きょうだいなのに、そんなことするわけないじゃん。ただ見せてもらってるだけ」

そんな言いわけが通用するとは、とても思えないのだが。

困惑をあらわにする健太に気がついたか、紗奈が耳もとに口を寄せてきた。

「心配しなくても、ボクと健兄の関係は、みんなに話してないから。もちろん沙由美ちゃんや理緒姉とのことも」

囁《ささや》かれ、とりあえず安堵《あんど》したものの、

「ボクたちは、ときどきオチン×ンとオマ×コを見せ合いっこしてるってことになってるだけだから、安心して」

それでは同じようなものだと、健太は頭を抱えたくなった。六年生の妹のハダカに興味を持つロリコンの兄貴だと、他の五人は思っているに違いない。

「なにをコソコソ話してるの？」

なかのひとりに訊かれ、紗奈はすぐに顔をあげた。

「ちょっとね。精液出すところを見せてくれるように、了解をとりつけたの」

(そんなもん了解してないっての！)

すっかり彼女たちのペースに巻きこまれている。健太はどうすることもできなくなった。

「じゃ次、誰かさわってみる？」

紗奈が一同を見まわすと、

「あたし、やってみたい」

真っ先に手をあげたのは、健太の顔の横にいた少女であった。六年生にしては、むちむちと女らしい身体つき。おっぱいもお椀型に張りだしている。もっとも乳首は陥没しているらしく、濃い肌色の頂上部分に突起は見当たらなかった。

「はい、ユリカ」

場所を移動した少女に、紗奈が勃起を手渡す。ユリカと呼ばれたその子は、最初からためらいもなく握ってきた。

「わ、かたーい」

ニギニギと強弱をつけるのに、健太は思わず「おお」と声をもらしてしまった。温かな手は大人びて柔らかく、身を委ねたくなるような快さだった。

「それ、外側の皮が動くでしょ。だから、登り棒を雑巾でみがくみたいな感じで、しごいてあげればいいの」

紗奈がわけ知り顔で教授する。なんて喩《たと》えをするのだとあきれたものの、彼女はそれで納得したらしい。素直にうなずいて手を上下させた。

「あ、ホントだ。おもしろーい」

そして、教え方がよかったのか、それは実に的を射た愛撫であった。

(うわ、ヤバい)

手指の柔らかさと、ほどよい握り加減がたまらない。腰をわななかせずにいられない快美がひろがり、健太は焦った。

（こんな……六年生の女の子にペニスをしごかれて感じちゃうなんて——）

だが、紗奈だって同じ六年生なのだ。今さら常識的な考えをしたところで、手遅れというもの。

「あー、お兄さん気持ちよさそう」

「ホントだ。腰のあたりがピクピクしてる」

「それだけユリカちゃんのペッティングがじょうずなんだね」

褒められて、ユリカは嬉しそうに手首の運動を速めた。亀頭を摩擦する包皮の隙間に入りこんだ先汁が、ニチュニチュと卑猥《ひわい》な音をたてる。

「あたしもやってみたい」

次に手を挙げたのは、六人のなかでもっとも小柄な少女であった。手足も細く、おかっぱ頭のせいもあって四年生ぐらいにしか見えない。もちろん胸は真っ平ら。座っているから股間は見えないが、おそらく毛も生えていないのだろう。

「はい、チエミ」

「ありがと」

ユリカから譲り受けた屹立に、チエミという少女はさっそく指を巻きつけた。いくらなんでもここまでガキっぽい子にいじられて気持ちいいはずがないと、思ったもののそれは大きな間違いであった。

「うわあ。おっきくて、指がまわりきらないよ」

　本人が述懐した通り、小さな手は筋張った肉棹をどうにかつかんでいるという程度。ところが、それを動かされることで生じた悦びは、ユリカが与えてくれた以上に妖しいときめきを感じさせるものであった。

（え、どうして⁉）

　自分でも理由がわからない。背筋がゾクゾクする快感に、健太は「ンうう」と呻いて腰を浮かせた。

「なんか、チエミがペニスを握ってるのって、すっごくエロいね」

「うん。ほら、見た目がガキっぽいから、見るからに犯罪って感じだもん」

「えー、ひどいなぁ」

　チエミは頬をふくらませたものの、健太はそれでようやく快感のわけを理解した。小さな手といい、幼い外見といい、それらによって背徳的な昂《たかぶ》りを覚えてしまうためらしい。

（――って、ホントにおれ、ロリコンになっちまったのか⁉）

　実際、素っ裸のいたいけな少女たち六人に囲まれて、いつになく動悸が激しくなっている。

「あのね、ペニスだけじゃなくって、キンタマもナデナデしてあげると悦ぶよ」

紗奈のアドバイスに、チエミは「こう？」と、牡の急所にモミジのような手を伸ばした。キウイフルーツみたいな外観のそれを、さわさわと撫でる。

「あああ」

むず痒さの強い快感が走り抜け、健太はたまらず腰を揺すった。

「あ、ホントだ。感じてる」

「そこって男の子の急所なんでしょ？　なのに気持ちいいんだ。不思議ー」

「でも、ペニスとキンタマを同時にっていうのは、ちょっと難しいかも」

チエミが首をひねると、

「だったら、わたしがキンタマをナデナデする」

またも立候補の手があがった。

「ペニスはちょっと怖いけど、キンタマは可愛いから、さっきからさわってみたかったんだ」

「えー!?　可愛いかな、これ？」

「可愛いじゃん。丸まった子猫みたいで」

その喩《たと》えはどうなのかと、持ち主である健太も疑問をいだく。それはともかく、彼女たちが卑猥《ひわい》な言葉を恥じらいもなく口にするものだから、常識や理性が麻痺してしまいそうだった。

「じゃ、マリがキンタマね」

「他に気持ちいいところってないのかな」

「あ、女の子と同じで、乳首もけっこう感じるみたいだよ」

「じゃあ、あたしはそっち」

健太は脚を大きく開かされ、そのあいだにマリという少女が膝を進めた。濃い眉毛が勝ち気そうな印象を与える少女で、正座した腿の付け根にも、漆黒の恥毛が生えそろっているのが見えた。

「うふ、かーわいい」

なにが気に入ったのか、マリが陰嚢《いんのう》を両手で包みこむようにして揉み撫でる。まさに愛《め》でるという手指の動きに、性感が天井知らずに上昇する。

「ううう」

健太は唸って身悶えた。

「わ、ペニスがさっきより硬くなった」

凶悪な肉根に絡みついたチエミの手も、忙しく上下する。

さらに、名前のわからないふたりの少女が、左右に陣取って乳首をひとつずつ担当する。小さな突起を摘んだり、柔らかな指先で乳暈をなぞったり。そこからくすぐったいような快さがひろがり、健太は背中を浮かせて喘いだ。

(ああ……気持ちよすぎる)

気がつけば、あたりに第二次性徴期前後の少女たちの、甘ったるいミルク臭がたちこめていた。年上の少年を弄《もてあそ》ぶことに夢中になり、発情して汗ばんだのだろう。肉体に快感を与えられ、なまめかしい匂いで幻惑され、あらゆる神経が蕩《とろ》かされてゆくようだ。


「あ、ガマン汁がこんなに出てきた」

「ふうん、男の子でも乳首が硬くなるんだね」

「ホントだ」

「キンタマも縮こまってきたみたい。これって気持ちいい証拠なのかな?」

「うん。たぶんもうすぐイッちゃうよ」

「イッちゃうって、精液が出るんだよね。見たーい」

「ほらチエミ、がんばって」

「うん」


不慣れで未熟な愛撫でも、興味津々の少女たちがためらいもなくやってのけるから、与えられる悦びはかなりのもの。おまけによってたかってあちこちを責められ、健太は息も絶えだえであった。それでも射精するところを見せるわけにはいかないと、歯を食いしばって堪える。

（こんなガキどもに弄《もてあそ》ばれて精液を出しちゃうなんて、男として屈辱だ！）

意地でも出すものかと、襲いくるオルガスムスの波を意志の力ではね除ける。

「なかなか射精しないね」

「あたし、紗奈。シコシコするの疲れてきちゃった」

「ねえ、早く射精させる方法ってないの？」

「そうだなあ、コーフンさせればいいと思うけど」

「コーフンって？」

「手っ取り早いのはオマ×コ見せるとか、匂いを嗅がせるとか」

「じゃ、あたしがそれやる」

紗奈の次にペニスを握ったユリカが、上気した表情で腰を浮かせた。淫靡《いんび》な状況にたまらなくなり、自分もどうにかされたいと思っているふう。

「だったら、健兄の顔をまたぐといいよ。オマ×コが見えて、匂いも嗅げるからきっと大コーフンだよ」

「わかった」

雰囲気に押し流され、羞恥心もどこかにいってしまったのだろう。ユリカは健太の頭上に移動すると、膝立ちで進んでいそいそと顔をまたいだ。

（わ――!!）

真上に至近距離で迫るいたいけな秘部に、健太は目を見開いた。ポワポワした恥叢が萌える真下、ぷっくりと肉厚の大陰唇が鏡餅のように重なり、綺麗な縦スジをかたち作る。やや赤みを帯びた合わせ目はしっとりと濡れ、淫靡なきらめきを放っていた。明らかに欲情の証し。そこからこぼれる蒸れた乳酪臭(にゅうらくしゅう)が、嗅覚を悩ましくさせる。

(六年生でも濡れるのか!?)

それは紗奈でわかっていたことであるが、こちらがなにもしていないのに、ここまで顕著な反応を示していることが意外であった。

「あ、ペニスがビクビクしてきた」

「ユリカのオマ×コ見てコーフンしたんだね」

「あ、あっ、すごい。キンタマもキュッて硬くなった」

「ユリカちゃん、健兄の顔の上に座ってみて」

「え、そんなことしていいの?」

「オマ×コ舐めさせてあげると、もっとエロい気持ちになって射精すると思うよ」

「わかった」

目の前の肌色が視界いっぱいにひろがる。われめが開いて薄い花弁がはみだし、ちんまりすぼまったアヌスも見えたと思った瞬間、顔面にしっとりして柔らかなものが密着する。

額《ひたい》に乗っかるむっちりしたお尻。よりチーズ臭を際立たせた陰部のフェロモンが鼻腔を満たす。唇が当たったところにわずかなしょっぱさを感じた瞬間、暴力的な歓喜が全身を犯した。

「むうううううッ！」

ガクガクと腰を暴れさせ、健太は溜まりきった熱情を噴きあげた。

「わ、出た」

「すごーい。これが精液？」

「チエミちゃん、もっとシコシコしてあげて」

「うん……わあ、どんどん出てくる」

いたいけな手指にこすられ、ペニスは幾度もしゃくりあげて牡液を放出する。意識が朦朧《もうろう》とするほどに、全神経が悦びに蕩《とろ》けた。

「あああ、気持ちいいッ」

甲高《かんだか》いよがりはユリカのもの。顔に乗った股間がプルプルとわななく。無意識のうちに、健太は押しつけられた恥唇を舐め、吸っていたようだ。

やがて激情が去る。ぐったりと手足を伸ばした健太の上からユリカが離れ、それでようやく彼はひと息つくことができた。

5 マワされて

みんなの協力で採取できた精液を、少女たちは興味深げに観察した。

「ネバネバっていうか、ドロドロしてる？」

「ミルクやカルピスみたいなのかと思ってたけど、違ったね」

「どっちかっていうと、トロロに近いかも」

「匂いも独特だね。でも、どこかで嗅いだことがあるような気がする」

「草がいっぱい生えてるところにいくと、こんな匂いがするよ」

「あたしはプールの匂いに似てると思った」

健太の腹部に飛び散ったものをためらいもなくさわり、鼻先にかざしてクンクンと精臭を嗅ぐ。調理実習でこしらえたお菓子の味見をしているみたいだ。

「こんなのが赤ちゃんのモトになるんだ。不思議ー」

「うん。最初にビュッて出たとき、なんか感動しちゃった。生命の神秘って感じで」

「このなかに精子がいるんでしょ？　顕微鏡があったら見てみるのになあ」

「でも、空気に触れたら死んじゃうんじゃなかった？」

「じゃ、この指でオマ×コいじっても、妊娠する心配はないんだね」

「ていうか、チエミって生理まだでしょ？」

「アキだってそうじゃん」

そんなやりとりを耳にしながら、健太はなかなか正常に戻らない呼吸と動悸を持て余していた。あお向けたまま、胸をひたすら上下させる。

（まったく、なんだってこんなことに——）

女子児童たちに自らの欲望液をオモチャにされるのは、ひたすら恥ずかしいだけだ。頼むからやめてくれと叫びたかった。

だが、無邪気で淫らな少女たちに囲まれて、いまだ背徳的なときめきがくすぶりつづけていたのは事実。その証拠に、牡の象徴は多量のエキスを吐きだしたあとにもかかわらず、硬度をギンギンに保って天を指していたのである。

「ねえ、ペニスって精液を出したら元に戻るんじゃなかった？」

「授業ではそう習ったよね」

「でも、これ、ずっと大きなまんまだよ」

ユリカがそびえ立った肉棒を握る。柔らかく温かな手の感触に、さっきから疼いていたものが快さに変化した。

「ほら、こんなに硬いもん」

緩やかにしごかれ、健太は「あうッ」と声をあげた。射精直後なものだから、亀頭粘膜に触れる指の側面が、むず痒い快美を生じさせる。

「ようするに、健兄はまだ満足してないってことだよ。それだけ若くて、元気っていうかさ」

紗奈が知ったかぶって説明する。

「あんなに出したのに？」

「たぶん、もう一回ぐらい射精すれば、小さくなるんじゃないのかな」

「ねえ、男の子って、普通は何回ぐらいつづけて射精できるものなの？」

「さあ……それはボクもわかんないけど」

「なんか、実験してみたいよね」

「射精して小さくなっても、コーフンさせればまたボッキするんだよね。さっきユリカちゃんがしたみたく、オマ×コ見せるとか」

「じゃあ、ボッキさえすれば、何回でもＯＫなんじゃないの？」

「そんなことはないと思うけど……」

俄然興味を示しだした友人たちに、さすがに紗奈も戸惑いを浮かべた。

「ねえ、紗奈のお兄ちゃんが何回ぐらい精液が出せるか、やってみない？」

「ね、いいよね、紗奈」

「う……うん」

「じゃ、次は誰がシコシコする？」

「あたし、あれやってみたいな、フェラチオ」

「それって、ペニスをお口でキモチよくするやつ？」

「うん。練習しとけば、将来役に立つかもしれないし」

「あー、ナツコってば、誰のペニスをおしゃぶりしてあげるつもりなの？」

「タツヤ君のでしょ」

「やだ、違うわよ」

「あー、赤くなった。絶対そうなんだ」

「違うってばぁ」

「ま、それはいいじゃない。フェラチオなら、わたしもやってみたい」

「あたしはオマ×コ舐めてもらいたいな」

「じゃあ、とりあえずジャンケンで順番決めよ」

きゃいきゃいと楽しげにはしゃぐ少女たちに、ただのモルモットに成り果てた年上の少年は、もはやどうすることもできなかった。

（いったいなにを考えてるんだ、この子たちは……）

新しいオモチャを与えられたようなつもりでいるのだろうか。あきれかえった健太は、紗奈がいつになく困った顔をしていたのに、不吉なものを覚えた。

四の湯　吹雪のなかの少女

1　お尻ペンペン

気がつくと、健太は布団に寝かされていた。体中、特に下半身が気怠さにまみれ、まったく力が入らない。

(おれ、どうしたんだっけ……)

目を開けることも億劫《おっくう》で、夢うつつのまま記憶をほじくりかえす。

(たしか露天風呂で紗奈ちゃんたちに——)

一度射精させられたあと、健太は六年生の女子児童たちの、フェラチオ口撃に晒された。あどけない唇で代わるがわるペニスを咥《くわ》えられ、舐めまわされたのだ。

ああいうのを怖いもの知らずと言うのだろう。それぞれが先にやった者のやり方を参考に、見よう見真似ではじめるのだが、そこに競うようにして自らのアイディアを加えてゆく。舌先で段差をくすぐったり、先端をチュパチュパと吸ったり、陰嚢《いんのう》を含んだりとか。それによって健太が快感の反応を示すとみんなで感心し、次に自分もやってみるという具合。

そうやって羞恥も嫌悪もなく、彼女らは初めて口にした男性器をしゃぶりつくした。短時間のうちに、かなりのテクニックを身につけたのではあるまいか。

誰かがペニスを担当するあいだに、他の者は指を咥《くわ》えて見ていたわけではない。少女たちは寄ってたかって健太の肉体にまとわりつき、思い思いに愛撫をほどこした。

乳首を吸われたり、唇を奪われたり、腋の下にキスされたり、足の指を舐められたり。俎上《そじょう》の少年は全身くまなく、いたいけな処女たちの清涼な唾液を塗りこめられた。妖しい悦びにどっぷりとひたり、それはまさに、全身がペニスと化してしゃぶられているに等しかった。

おかげで堪えることなどできず、健太は何度もオルガスムスを迎えた。四回目までは覚えているが、最終的に何度昇りつめたのかまではわからない。確かなのは、人事不省に陥るまで、精液を搾り取られたということだ。

ただ一方的に奉仕されるだけであったら、そこまでの射精回数はこなせなかったであろう。最初にユリカという少女がしたように、彼女たちは年上の少年の顔をまたぎ、性器もお尻の穴もためらうことなく見せつけた。最初は牡の興奮を煽《あお》るためであったようだが、そのうち秘部を密着させ、クンニリングスをねだりだした。

健太は色やかたち、匂いもさまざまな処女器官を順番に味わい、それによって興奮を余儀なくされた。煽られて何度も欲望器官を脈打たせ、結果、このザマである。

（あれこそ逆レイプってやつだな）

無理やりセックスさせられたわけではないが、そうとしか形容のしようがないひときであった。年端もいかない少女たちに輪姦されて、肉体ばかりか自尊心もボロボロにされた気分である。

（つまり、おれはロリコンじゃなかったわけだ）

本当にロリコンだったら、あんな状況も嬉々として受け入れたことだろう。おそらく一滴残らず精液を出しつくし、これぞロリの本懐と死んでいったに違いない。

もっとも、自分がまだまともだったとわかったところで、こんな目に遭わされた後では、素直に喜べなかったが。

（とにかく、生きててよかった……）

安堵《あんど》したところで、誰かが顔を覗きこんでいる気配に気がつく。健太はゆっくりと瞼《まぶた》を開けた。天井の明かりがまともに目に入り、思わず顔をしかめる。

「あ、気がついた」

逆光のなか、今にも泣きだしそうに瞳を潤ませていたのは、沙由美であった。そして、自分が部屋に戻っていることも知る。

「よかった……健兄ちゃん、だいじょうぶ？」

「あー、たぶん」

心もとない返事しかできなかったのは、自分でもよくわからなかったからだ。

「健兄、ごめんなさい」

謝罪の言葉と同時に、もうひとつの顔が視界に入る。珍しく神妙な顔つきをしていたのは、紗奈であった。

「まったく、健兄ちゃんにもしものことがあったら、どうするつもりだったの!?」

憤慨《ふんがい》する沙由美に、紗奈はしゅんとうなだれた。

「反省してます。ごめんなさい、許してください」

調子に乗りすぎたことを、心からすまないと思っているらしい。紗奈自身も、仲間たちがあそこまで暴走するとは思っていなかったのだろう。

「ところで、おれ、どうなったんだ？」

どういういきさつで現在に至ったのか、健太は気になって訊ねた。

「どうって、紗奈たちにさんざんエッチなことされて、健兄ちゃん、動かなくなったんだよ」

「いや、それはわかるけど……誰がおれをここに運んだんだ？」

「わたしと理緒ちゃんよ。あゆみちゃんがわたしたちを部屋に呼びに来たの。健兄ちゃんが大変なことになってるって」

「あゆみちゃんが？」

それでようやく、紗奈たちに乱入される前に、あそこであゆみと話をしていたことを思いだした。

（ってことは、おれがあの子たちにさんざんイカされまくってたのを、あゆみちゃんは見てたのかもしれないぞ）

だから危機を察して助けを求めたのではないか。そうとしか考えられない。

（まったく、あの子には変なところばかり見られてるなあ）

理緒や沙由美とセックスしていたところも目撃されたし、どうもタイミングが悪い。今回のこれでさすがに軽蔑されてしまったのではないかと考えると、気が重かった。

「それで、わたしと理緒ちゃんが急いで浴場に行ったら、健兄ちゃん、露天風呂で紗奈たちに囲まれてぐったりしてたんだもの。びっくりしちゃった。おまけに、全身精液でベトベトになってたし。全然目を覚まさなかったから、叔母さんたちを呼ぼうかって言ったんだけど、どうしてこうなったのか訊かれたらまずいだろうってことになって、わたしたちだけでここまで運んで来たの」

それは賢明な判断だったと、健太はうなずいた。大人たちに事の顚末を知られたら、紗奈たちが咎《とが》められるばかりではすまなかっただろう。最悪、自分たちきょうだいの関係までもが勘繰られることになったかもしれない。

「で、理緒は？」

「隣りで、あの子たちにお説教してるわ」

それもぴったりな役割だ。二年先輩の理緒のことは、彼女たちも知っているのではないか。頭もいいし口がたつから、後輩の少女たちをしっかり指導できるはず。

「ホントは紗奈も一緒にお説教されるべきなんだけど、あとで理緒ちゃんが特別に、みっちりお仕置きをするんだって」

沙由美に咎める眼差しを向けられ、紗奈は観念したふうにこうべを垂れた。充分反省しているようだし、あまり手荒なことはしなくてもいいんじゃないかと、なんだか可哀想になる。

(だいたい、されるがままになってた、おれも悪かったんだし)

そう思ったとき、部屋の引き戸が開いた。

「お兄ちゃん、気がついた？」

つづいて理緒の声。

「うん。さっき目を覚ましたとこ」

「ホント？」

急いで駆けこんでくる足音。そして、安堵《あんど》と喜びでいっぱいの顔が覗きこんでくる。

「よかった……お兄ちゃん」

大きな瞳を潤ませた理緒に、健太の胸にも熱いものがこみあげた。

「悪かったな、心配かけて」

告げると、理緒は顔をくしゃくしゃにして泣きそうになった。しかし、唇を引き結んでぐっと堪え、目もとを手の甲で拭《ぬぐ》う。

「まったくだよ、バカ健太は」

涙目で頬をふくらませ、兄を罵る。

「裸の女の子に囲まれてヘラヘラしてるから、こういうことになるんだよ。高校生にもなって、自制心ってものがないの!? あんなおっぱいもふくらんでないような子たちに誘惑されちゃって、だからロリコンだって誤解されるんだから！」

そんなふうになじられても、健太は少しも腹が立たなかった。むしろ妹の罵倒が心地よく、嬉しささえ覚える。

(ああ、やっぱり理緒はこうでなくっちゃ)

ときおり見せる素直で可愛らしいところもいいが、それもこういう一面があるからこそ引き立つのだ。

「なにニヤニヤしてるのよ。このド変態、節操なし、少女マニア!!」

憤慨《ふんがい》しながら、理緒はとうとう涙をこぼした。それで我慢できなくなったらしく、健太に縋《すが》りついてしゃくりあげる。

「心配したんだからね、お兄ちゃん……」

グズグズと鼻をすするのが愛おしい。健太は掛け布団から手を出して、彼女の背中や頭を撫でてやった。

「悪かったな。おれ、だめな兄貴で」

「ホントだよ……だけど理緒は、そんなお兄ちゃんでも大好きなんだからね」

ふと横を見ると、沙由美も紗奈も理緒の涙が伝染したのか、瞳を潤ませていた。

(こんないい妹たちがいて、おれは幸せだな)

心からそう思う。振りまわされることもあるけれど、三人とも根はいい子で、兄想いなのだ。

「それで、あの子たちはどうしたんだ?」

涙がとまるのを待って問いかけると、理緒は赤くなった目で答えた。

「ちゃんと叱っておいたよ。そんな男をオモチャにするものじゃないって。エッチやペッティングは、本当に好きな人とするものだからって。今、反省文を書かせてるんだ。あとでお兄ちゃんのところにも謝りに来るから」

「それはいいよ。おれだって悪かったんだし、顔を合わせるのも気まずいしさ」

「ううん。そういうのはちゃんとケジメをつけなきゃいけないの」

そう口にしたことで思いだしたのか、理緒は後ろに控えていた紗奈を振りかえった。

「あ、紗奈へのお仕置きがまだだった」

一瞬表情を強《こわ》ばらせたものの、とうに覚悟を決めていたのか、紗奈は額《ひたい》を畳にこすりつけるように土下座した。

「ごめんなさい。ボク、どんな罰でも受けます」

「うん。いい心がけだね」

理緒は沙由美に向き直ると、いちおう確認をとった。

「じゃ、理緒にまかせてもらっていい？」

「うん。お好きにどうぞ」

沙由美はすぐにうなずいた。気の優しい彼女には、お説教もお仕置きも得意なことではなかったろう。

理緒は「おいで」と紗奈を手招きした。口もとはほころんでいたが、目は笑っていなかった。

「あんまり手荒なことはするなよ」

健太がいちおう釘を刺すと、「わかってる」という返事。

「ちゃんと、やったことにふさわしい罰を与えるから」

いったいなにをするつもりなのかと訝《いぶか》る兄の目の前で、理緒は腿を揃えて正座すると、膝の上で紗奈を四つん這いにさせた。

（ひょっとして――）

その体勢だけで、健太は彼女がしようとしていることを悟った。

「それじゃ、やるよ」

紗奈が着ていたのは、学校指定の青い体操着。そのズボンが、お尻からするりと剝かれてしまう。

「あ――」

紗奈の表情が引きつる。イチゴ模様のパンティがあらわになった恥ずかしさからではなく、なにをされるのか理解したからだろう。そして、おいしそうな赤い果実のちりばめられた下着も、無造作に引きおろされた。

兄と姉たちが見つめる前で晒される、くりんと愛らしい末っ子のお尻。

「ああん……」

紗奈が羞恥を隠せず、あどけない丸みをくねらせた。すべすべして綺麗な肌を、理緒は慈しむように撫でていたが、その手をやおら頭上高く振りあげる。

パチンッ！

手が振りおろされ、小気味よい音がたつ。同時に、「あうッ」という悲鳴も。

スパンキングという、比較的オーソドックスなお仕置きも、受けるのも施すのも少女というのは、見ていて妙にそそられる眺めであった。

パシッ、ピシャン、ばちん、パチッ——。

「あん、イタっ、ひゃうッ、やぁん」

手のひらの当たる角度と、叩かれる場所によって音色を変えるさまざまな打擲《ちょうちゃく》音。それに合わせて、少女の悲痛な呻きがこぼれる。最初は白かった肌も、たちまち赤く色づいてくる。

「ああん、ごめんなさーい」

紗奈が涙をこぼし、ベソベソと泣きだしても、理緒は尻を打ちすえることをやめなかった。勢いづいたものはとまらないというふうに顔をしかめ、

「もう……考えなしなんだから……反省しなさい」

ブツブツとつぶやきながら妹を折檻《せっかん》しつづける。そうやって、二十発は叩いたのではないだろうか。

「ねえ、もういいんじゃない？」

見かねた沙由美が肩に手を置き、それでようやくとまった。

「あ、ああ……ごめん」

理緒は我にかえったというふうに、えぐえぐとしゃくりあげる妹を見おろした。白

分がしたことに今さら驚き、茫然となる。

「あーあ、お尻が真っ赤っか。おサルさんみたい」

腫《は》れて赤くなった臀部を沙由美に撫でられ、その手が冷たかったのか、紗奈は「ひッ」と声をつまらせた。

「ちょっとやりすぎじゃない？」

「う……そうかも」

「ま、それだけ健兄ちゃんにひどいことをしたんだし、仕方ないんだけどね」

そう言いながら妹のお尻をまじまじと覗きこんだ沙由美は、「あら？」と眉をひそめた。

「この子、お尻を叩かれて興奮してたんじゃない？」

「え、まさか？」

一緒になってあらわに開かれた羞恥帯に視線を向けた理緒は、「あ、ホントだ」と驚きの声をあげた。

「紗奈のわれめ、グチョグチョに濡れてるじゃん」

「あーん、そんなの嘘だー」

紗奈は顔を真っ赤にして、同じ色のお尻を振った。

「嘘じゃないってば」

反論して、理緒はその部分に鼻を寄せると、スンスンと匂いを嗅いだ。

「オシッコをちびったわけじゃないみたいだね。すごくいやらしい匂いがする」

「そうなの？」

沙由美も顔を寄せ、さらに指で中心をまさぐった。

「あー、ヌルヌルしてる。糸引いてるよ。これ、間違いなくラブジュースよね」

「ヤダぁ」

いつもは大胆で奔放な紗奈も、姉ふたりに欲情の証しを指摘され、羞恥に身をよじった。

「もう……これじゃお仕置きにならないじゃない」

嘆きつつも、理緒の瞳が妖しくきらめいているのに、健太は気がついた。

「ホントよ」

沙由美も悩ましげに腰をモジつかせている。

どうもおかしな雰囲気だぞと健太が危ぶんだとき、沙由美が我慢できなくなったというふうに、四つん這いの紗奈の真後ろから、お尻の谷間に顔を埋めた。

「ひゃふぅン」

紗奈がのけ反り、甲高《かんだか》い悲鳴をあげる。つづいてピチャぴちゃ、チュパッと、舐めすする音が聞こえた。

「やぁん、あ——だめぇ」

ガクガクとわななく末っ子の下半身を横から抱くように支え、理緒のほうは赤くなったお尻にすりすりと頬ずりをした。さらに、何度もキスを浴びせる。

「あふ、くすぐったいー」

「痛くしちゃったところを慰めてあげてるんだから、おとなしくしてな」

「ああン、でも……オマ×コは違うよぉ」

「じゃ、お尻を慰めてあげるよ」

理緒の指が臀裂へと忍ばされる。沙由美が舐めているところの真上あたりをいじっている様子。

「あ、あッ、お尻の穴も違うー」

姉ふたりに性器と肛門を責められて、紗奈は息も絶えだえだ。

体操着の上着とタンクトップ型の下着も理緒によってたくしあげられ、幼いふくらみの頂上にある乳首を摘まれた六年生の妹は、全身を揺すって身悶えた。

「はひッ、あ、はふぅうーん」

お仕置きのはずが姉妹レズになり、健太は目を丸くするばかりであった。しかし、淫靡《いんび》な光景に燃えつきていたはずの情欲も刺激され、下半身に血液が流れこむ。

「う——」

海綿体をわずかに充血させたペニスに、鈍い痛みが生じた。やはり荒淫の後遺症は、ひと眠りした程度では癒えなかったようだ。

(ったく、こんなときになにを見せつけるんだよ)

などと思いつつ、妹たちの痴態から目が離せない。

紗奈はとうとうあお向けにされてしまった。服もすべて脱がされ、素っ裸になる。はしたなく脚をひろげた中心に、沙由美が顔を伏せた。

「ああん、紗奈のここ、ちょっとチクチクする」

以前剃《そ》ったものが生えかけていて、それが口もとに刺さるのだろう。なじりながらも長女がねちっこいクンニリングスを施し、末っ子になまめかしい声をあげさせる。

「あう、あああ、キモチいい」

「ったく、紗奈ってばいやらしいんだから」

文句を言いつつ、理緒がジーンズを脱ぐ。白いパンティもお尻からつるりと剝きおろして、下半身裸になった。

「ほら、紗奈は理緒のを気持ちよくして」

快感にたゆたう妹の顔をまたぎ、しゃがみこむ。これではどちらがいやらしいのか、わかったものではない。

「う、うん」

迫ってくる姉の股間に目を向けるなり、紗奈は驚いた声をあげた。

「あれ？　理緒姉も毛、剃《そ》っちゃったの!?」

「ん？　ああ」

「うわあ、オマ×コが丸見えだ。すっごくエロいね」

「自分だってそうじゃない」

「あ、理緒姉のも濡れてるよ」

「そんなことないよ！」

「そんなことあるってばあ。それに、エロい匂いがぷんぷんするもん」

そのやりとりに、沙由美が秘唇舐めを中断して顔をあげた。

「なによ、理緒ちゃんもお尻を叩きながら興奮してたの？　道理でちっともやめないと思ったら」

このツッコミに、「う――」と顔をしかめた理緒であったが、

「だって紗奈が……あんまり可愛い声出すから」

振りかえって、バツが悪そうに告白する。

「まったく、一番エッチなのは理緒ちゃんなんじゃない？」

沙由美はやれやれとあきれた。

「アソコの毛を剃りっこしたときも、わたしの……いきなり舐めてきたし」

「あ、あれは――沙由美ちゃんのわれめが、すごくエッチに見えたから」

やっぱりそんなことがあったのかと、健太は納得してうなずいた。

(だからあのとき、沙由美ちゃんが顔を赤くしていたんだな)

おそらくふたりで、剃りたての秘部を舐め合ったのだろう。

「ふうん。理緒姉と沙由美ちゃん、そんなことしてたのか」

紗奈が姉ふたりに、ジトッと蔑む視線を向ける。

「毛を剃ったのって、健兄をユーワクするためなんでしょ？　てことは、ボクがいないあいだに健兄といっぱいエッチしてたんだ」

「べつにいっぱいってことは……」

「それなのに、ボクばっかりお仕置きされるなんて、不公平だよ」

「紗奈はそれだけのことをしたんだから、文句言わないの！」

文字通り口を塞ぐために、理緒は無毛の恥芯を妹の口もとに押しつけた。

「ンぐっ」

ロリータボディが一瞬抗《あらが》ったものの、すぐにチュウちゅぱと舐めすする音がもれ聞こえる。

「あ、感じる――」

理緒が上半身をのけ反らせた。

「ふたりともエッチなんだから」

自分のことは棚にあげてつぶやき、沙由美は再び紗奈の恥部に吸いついた。

れるれろ……ジュルッ、ちゅちゅチュチュウ――。

「うはあ、あ、そこぉ」

二ヵ所からこぼれる卑猥《ひわい》な舌づかいや吸い音、それから理緒のよがりが響く。甘酸っぱい発情臭が漂い、室内は温度も湿度も上昇した。

姉妹三人がつながっての舐め合いに、健太はとうとうペニスを勃起させてしまった。ズキズキと痛みを生じながらも、目の前の淫らな光景に煽《あお》られてテントを張る。もっとも、さすがに自らしごきたてようという気にはならなかった。

(そんなことをしたら、今度こそ死んじゃうよ)

最後に赤い玉が出て、打ち止めになるに違いない。

自分ばかりがされるのは悪いと思ったのか、理緒は両手を後ろにまわし、紗奈の乳首をふたつとも摘んだ。クリクリと転がすと、幼い裸身が上下に波打つ。

「ン、うッ、くふぅ」

姉の股間に乗られたまま、六年生の少女がくぐもった呻きをもらす。

「ねえ、これじゃわたしだけ気持ちよくないんだけど」

沙由美が顔をあげて不満を訴えたとき、

「失礼しまーす」

いきなり引き戸が開いて、どやどやと侵入してきた一団があった。

「え?」「あっ!!」

仰天した理緒と沙由美は、しかし突然のことで身動きすらできないようだった。

「理緒先輩、反省文を持ってき——」

「え、ウソっ!?」

「キャッ!」

六年生の少女たちは、室内の情景を目の当たりにするなり固まった。それはそうだろう。素っ裸の友人の顔を下半身丸出しの姉がまたぎ、しかももうひとりが股間に屈みこんでいるのだから。

緊張が高まる、完全な硬直状態。五人と三人が対峙《たいじ》する真ん中で、健太は疲れきったため息をついた。

(まったく、調子に乗るからこんなことに……)

「——あ、えと、ご苦労様」

ようやく口を開いた理緒の頬は、焦りでピクピクと引きつっていた。

「今、紗奈にお仕置きをしてたんだよ。うん」

そんな言いわけが通用するはずもなく、少女たちは「はあ……」とうなずきつつも、不審をありありと浮かべる。

健太はダメだこりゃと、掛け布団を頭からかぶった。

2 遭難

その日は紗奈たち六人も、宿の手伝いをすることになった。

「そんなことしなくてもいいのよ。あなたたちはお客さんなんだから」

桃華はそう言ったものの、紗奈が先頭に立ち、

「いいえ、ボクたちにも手伝わせてください」

そう申し出て、他の五人もそろって「お願いします」と頭をさげたものだから、

「じゃあ、せっかくだからお願いしようかしら」

ということになった。

これは、彼女たちから謝られた健太が、

「おれは、今日は仕事を手伝えそうもないし、みんなが代わりにやってくれたら助かるんだけど」

と言ったためであった。悪いことをしたとそれだけ反省していたのか、みんなすぐに受諾した。

ちなみに、まずいところを見られて不審を買った理緒と沙由美であったが、

「あれは、健兄の気持ちになって考えてみなさいって、ボクたちがしたのと同じことをボクにやってみせたんだよ」

紗奈がフォローしたことで、信用を落とさずにすんだようであった。

ともあれ、どうにか一件落着して、その日は夜まで、健太はゆっくりと休息することができた。


充分に休んだことで、夜には起きられるようになった。立ちあがると腰に怠さが残っていたものの、歩けないほどではない。

とりあえず厨房《ちゅうぼう》のほうが気になったので、健太は着替えるとそちらに向かった。時刻は九時近い。仕事もひと段落ついた頃だろう。

行ってみると果たして、まだ食事済みのお膳が集められる前で、板場は休憩に入っていた。

「おう、具合はどうだい?」

ひとりで一服していた定治が、健太の顔を見るなり相好を崩した。

「はい、おかげさまで……すみません、今日はなにもできなくて」

「いいってことよ。風呂で立ち眩みを起こしたっていうんじゃしょうがねえさ。あと

でレバニラ炒めとホウレン草の茹《ゆ》でたやつを届けさせるから、それで血をたんまりと増やしておきな。なあに、慣れない仕事で疲れたんだろうよ。それだけお前さんが一生懸命やってたってことさ」

どうやら貧血を起こしたということになっているらしい。まさか本当のことなど打ち明けられず、健太は胸が痛むのを覚えつつ「すみません」と頭をさげた。

「そのぶん、沙由美ちゃんと理緒ちゃんが頑張ってくれてたよ。時間ができると、板場のほうも手伝ってくれたし。あと、末っ子は紗奈ちゃんって言ったか？　みんないい子じゃねえか。お前さん、いい妹を持ったなあ」

「ええ、まあ」

「それから、今日来たチビっ子たちも、役に立つのかどうか心配だったが、なかなかどうして頑張ってたみたいだぞ。若女将《わかおかみ》も感心してたな」

「それならいいんですけど」

とりあえず役に立ったようで、健太はホッとした。自分が要請した手前、かえって邪魔することになったらまずいと心配だったのである。

「まあ、今夜はゆっくり休みな。お前さんには、また明日から頑張ってもらうさ」

そう定治が告げたところで、厨房《ちゅうぼう》に桃華が入ってきた。

「あら、健太君、もういいの？」

「はい、ご心配をおかけしました」

「よかったわ、元気になって。あ、そうそう、あゆみ見なかった?」

「いえ……おれはずっと部屋にいたから」

「そうだったわね。じゃ、わからないか」

「あゆみちゃん、いないんですか?」

「ここ二時間ぐらい、姿が見えないのよ」

「ああ、あゆみお嬢さんなら――」

定治が思いだしたように口を開いた。

「定治さん、知ってるの?」

「いや、知ってるってわけじゃ……ただ夕方ぐらいに、おれのところに薬草の採れる場所を訊きに来たんですよ」

「薬草?」

「ええ……まあ、薬草ったって、べつに大したやつじゃないんですが」

定治がちょっと困ったふうに眉をひそめたのを見て、健太はピンときた。あゆみの父に飲ませているという、精力増強の薬草だろう。

(そんなものを、あゆみちゃんがどうして――)

そのとき、ふいに思い浮かんだことに愕然とする。

（まさかあゆみちゃん、おれのために⁉）

紗奈たちに精液を搾り取られてダウンしたものだから、その薬草を飲めば元気になれると思ったのではないだろうか。

「それで、その薬草っていうのは、どこに⁉」

健太が焦ってつめ寄ったのに、定治はたじろぎつつ答えた。

「宿の裏のほうだよ。ちょっとあがったところに薪小屋《たきぎごや》があって、その近くさ。雪を掘り起こせば、いくらでも出てくるはずだが」

「でもあそこは、雪が吹きだまりになってて危険なんじゃなくって？」

桃華が不安げに問いかける。

「ああ。だから俺も、明るいときに周囲を確認しながらでないと危ねえって言ったんだが――」

定治も《まさか》というふうに顔をしかめた。

「こんな時間に、あゆみお嬢さんがあんなところへ？」

言ってから、しかし首を横に振って苦笑する。

「そんなわけねえか。だいたい、あれを採りにいく理由がねえや」

（いや、あるんです！）

健太は居ても立ってもいられず、

「おれ、あゆみちゃんを捜してきます」

桃華に告げるなり、急いで厨房《ちゅうぼう》を飛びだした。

外に出ると、いつの間にか降りだしていた雪が冷たい風にあおられ、今にも吹雪になりそうであった。

（急がなくっちゃ――）

分厚いコートをまとっていても、寒気が足もとから体を冷やしてゆく。懐中電灯を照らし、健太は白一色のなかを、どうにか道らしきところを見定めながら進んだ。大した距離でもないのに、慣れない雪道ですぐに息があがってくる。

薪小屋に辿りつき、あゆみの姿を捜してあちこちに懐中電灯の明かりを照らす。と、少し離れたところに、雪に埋まった影を見つけた。

「あゆみちゃん！」

声をかけると、影が動いた。振り向いたのは、思った通りあゆみであった。

「健太お兄ちゃん？」

声がかえってくる。ところが、見えるのはフード付きのコートを羽織った上半身だけ。下半身は完全に雪のなかに埋まっていた。

「今行くから、待ってて」

「健太お兄ちゃん、気をつけて」

告げる声はか細く、震えているのがわかった。かなり凍えているらしい。一刻の猶《ゆう》予《よ》もなさそうだ。

そこは土手の近くで、斜めに降り積もった雪が深くなっているところだ。あゆみは足を踏み入れて埋まってしまい、身動きがとれなくなったらしい。

「さ、つかまって」

健太は自分が埋まらないように、注意深く近寄って手を伸ばした。あゆみも最後の力を振り絞るように、上半身を傾けて小さな手を差しだす。それをしっかりと握って引っ張ったものの、彼女の下半身は少しも雪のなかから出てこなかった。

「あゆみちゃん、こっちに——そこから足を抜いて」

「……だめなの。腰から下が全然動かない」

明かりが照らす表情に、絶望が浮かんでいる。かなりの時間ひとりぼっちでいたためだろう、生きることすら放棄したかのように、目が虚《うつ》ろだ。

「あきらめるな！」

健太は懐中電灯を投げ捨てると、両手で細い手首をつかんだ。だが、寒さで神経が麻痺してしまったのか、少女の手には少しも力強さが感じられない。どうにかして助かりたいという気概も伝わってこない。

「無理だよ……健太お兄ちゃんまで埋まっちゃうよ」

泣いているような声。健太を道連れにしてはいけないと思っているのだろう。つかんだ手を振りほどこうとさえする。

（あゆみちゃんは、おれのためにこんなことになったんだ――）

絶対に自分の手で助けなければならない。健太は奥歯をぎりりと噛みしめ、膝まで埋まった足を踏ん張った。

「しっかり、あゆみちゃん」

「だめだよ、健太お兄ちゃん……また具合が悪くなっちゃうよ」

ずっと寝こんでいたことを心配している。しかし健太は、自分のことなどどうでもよかった。ただひたすら、彼女を助けたかった。

「あゆみちゃんは、おれの妹なんだ。おれが助けなくってどうするんだ!!」

ありったけの想いを訴え、渾身の力をこめて引っ張る。

「妹……わたしが――」

茫然としたふうなつぶやきが聞こえた直後、

「お兄ちゃん！」

突如あゆみが生まれ変わったように動きだした。周囲の雪をかき分け、少しでも健太のほうに近づこうとする。

「その調子だ。がんばれ！」

「お兄ちゃん……お兄ちゃん！」

助けようとする者と縋《すが》ろうとする者。ふたりの気持ちがひとつになったとき、少女の身体は雪の穴からすっぽりと抜けでた。

「キャッ！」

「やった!!」

あゆみは勢い余って健太に抱きつき、ふたりで雪の上に転がる。

「よかった、あゆみちゃん！」

健太は華奢《きゃしゃ》な身体をギュッと抱きしめた。

「お兄ちゃん……健太お兄ちゃん――」

あゆみもしゃくりあげながらしがみつく。

そのとき突風が吹き、あたりはたちまち吹雪《ふぶき》になった。視界が奪われ、これでは宿に戻ることも難しい。

「まずい、こっちに――」

まだうまく歩けないあゆみを抱きかかえ、懐中電灯を拾いあげると、健太は薪小屋《たきぎごや》に避難した。

3 温め合って……

樹の香りがむせかえるようにこもる空間は、半分近くがうずたかく積まれた薪《まき》に占領されていた。火の気はないものの、風や雪を防げるだけマシだろう。

あゆみがガタガタと震えているのに気がつき、健太はコートの前をはだけると、彼女を胸に包みこんでやった。

「だいじょうぶかい?」

「ん……なんか、脚のほうの感覚がないみたいなの」

泣きそうな声。手でさぐってみると、雪に埋まっていた下半身の、衣類がぐっしょりと濡れていた。これでは体温を奪われるばかりだろう。

「ズボン、脱いだほうがいいね」

「うん……」

あゆみは震える手でボタンをはずそうとしたものの、かじかんでうまくいかないようだった。

「やってあげるよ」

健太は自分のコートを脱いであゆみの肩にかけ、前にしゃがみこんだ。長靴を脱がせると、厚手の靴下まで濡れて冷たくなっている。

「これも脱がなきゃだめだね」

「うん」

先に靴下を足から抜き取り、側にあったつぶれた段ボールの上に裸足《はだし》で立ってもらう。それから濡れたデニムの前を開いた。純白の下着がのぞき、さすがにドキッとする。

「ごめん。これ、脱がせるからね」

「うん……健太お兄ちゃんは寒くない？」

「平気だよ」

濡れた生地は肌にぴったりと張りついていたが、それでもなんとか脚を抜かせることができた。

（うわ、冷たい）

あゆみの白い脚は血が通っていないかのように、爪先まですっかり冷えきっていた。あらわになったパンティや太腿に目を奪われることもなく、とにかくなんとかしなければと、彼女の足を挟むようにして段ボールに胡座《あぐら》をかく。

「さ、しゃがんで」

膝の上に座らせたあゆみをコートでしっかりと包み、健太はなかに手を入れると、冷たくなった脚をさすった。

「どんな感じ？」

「……健太お兄ちゃんの手、あたたかい」

感覚はちゃんとあるようで、とりあえず安心する。足先まで丹念に摩擦してやることで、徐々に血の流れが戻ってゆくようであった。

(よかった……だいじょうぶみたいだ)

肌に本来の温もりと柔らかさが甦ってくる。これなら心配ないだろうと安堵《あんど》したとき、あゆみがブルッと身を震わせ、腰をもぞつかせた。

「まだ寒いの？」

「寒いっていうか……お尻が冷たいの」

そちらに触れてみれば、あどけないヒップに張りついた下着も、濡れて冷たくなっていた。

「パンツも脱いだほうがいいかな」

「……うん」

「ごめんな。見ないようにするから」

手探りで濡れた薄布を引き剝がすとき、あゆみはお尻を浮かせて協力した。そうしてあらわになった双丘を、脚と同じようにさすってやる。

(ああ、あゆみちゃんのお尻が——)

二度も目にした愛らしい丸みに触れているのだ。こんなときに不謹慎だと思いつつ、胸の高鳴りが抑えきれない。

（余計なことを考えるな）

邪《よこしま》な感情を振り払うべく、一心に手を動かす。そのうちに、コートを脱いでいるにもかかわらず肌が火照《ほて》り、健太は汗ばんできた。

間もなくお尻のほうも、肌のぬくみとぷりぷりした躍動感を取り戻した。

（ああ、柔らかくて、すべすべしてる……）

もう大丈夫だとわかりつつ、未練たらしく撫でまわしていると、
あゆみがいつの間にかすすり泣いていたのに気がついた。

「う……うゥ──グス」

「あ、ごめん」

焦って手をはずし、健太は謝った。

「ごめんね。おれなんかにお尻撫でられるの、やっぱりいやだった？」

しかし、あゆみは首を横に振った。

「違うの……わたし、健太お兄ちゃんに迷惑をかけてばかりで、だから──」

しゃくりあげる少女が、たまらなく愛おしい。健太は彼女を腕のなかでギュッと抱きしめた。

「迷惑なんかかけられてないよ。あゆみちゃんはおれのために、こんな雪のなかを出てきたんだろ？」

あゆみは小さくうなずき、懐中から手折《たお》った薬草を取りだした。

「これ、男の人が元気になるやつだって、定治さんに教えてもらってたから……」

ほのかな悩ましさを感じさせる香りが、鼻腔にひろがる。なるほど、嗅ぐだけで元気が湧くというか、昂《たかぶ》りが生じてくるようだ。

「てことは、あゆみちゃん、おれが紗奈ちゃんたちにされてたこと、見てたんだね」

赤くなって首肯した少女は、クスンと鼻をすすった。

「わたし、健太お兄ちゃんがあの子たちに射精させられてるの見て、助けなきゃって思ったの。それなのに、ついエッチな気分になって……わたしがずっと見てたりしないで、もっと早く沙由美姉ちゃんや理緒お姉ちゃんに知らせれば、健太お兄ちゃん、あんなことにならずにすんだのに。だから――」

「だから悪いと思って、薬草を採りに来たんだね」

「うん……そしたら、健太お兄ちゃんに迷惑かけちゃったし」

ジワッと涙を溢れさせたあゆみの頭を抱き寄せ、ほのかに甘い汗の匂いを漂わせる髪を、健太は慈しむように撫でてあげた。

「迷惑なんかじゃないよ。だっておれは、あゆみちゃんのお兄ちゃんなんだろ？」

この言葉に、あゆみは驚いたように健太を見つめた。

「お兄ちゃんは、妹の面倒を見なくちゃいけないものなんだよ」

笑いかけると、大きな瞳に溜まっていた涙が、ポロリとこぼれた。

「ありがとう……お兄ちゃん――」

あゆみが首っ玉に縋《すが》りつき、また「う、うッ」としゃくりあげる。

「ずいぶん泣き虫な妹だなあ」

「ごめんね……ごめんね」

「でも、おれは、そんなあゆみちゃんが大好きだよ」

髪を梳《す》き、背中を撫でる。あゆみは安心しきったかのように泣きつづけた。それは、ずっと欲しかった兄に抱かれている、嬉しさのせいもあったのだろう。

ようやく涙がとまり、顔をあげた少女は、はにかんで頬を赤くした。

「寒くない？」

「……ちょっと」

「またさすってあげるよ」

コートに隠されただけの素脚とお尻を、愛しさをこめて撫でてあげる。生気を取り戻した柔らかな肌は、手のひらに心地よい感触を伝えてきた。スベスベでぷにぷに。ずっと撫でていても飽きない。

「どう？」

「うん……気持ちいい」

いつしかあゆみの吐息《といき》がはずんできた。

その部分は見えないものの、下半身裸の女の子を膝に乗せているのだ。健太の胸にモヤモヤした感情がこみあげる。この可愛らしい《妹》をもっとかまってあげたいと、そんな気持ちも生じる。

彼女の内腿の柔らかさは格別で、そこをサワサワとさすっているうちに、ふと意地の悪い質問が浮かんだ。

「あゆみちゃん、おれが紗奈ちゃんたちにあれこれされてるの見て、エッチな気分になったって言ったよね」

「……うん」

「それで、ずっと見てただけだったの。それとも、なにかしてた？」

質問の意図をすぐに察したらしく、あゆみの肩がビクッと震える。

「わ、わたし――」

紅潮した頬に狼狽《ろうばい》が浮かぶ。

「ひょっとして」

健太は手を腿の付け根にすべりこませた。

「ここをいじってたのかい？」

からかうつもりで問いかけたものの、そこがじっとりと熱くなっていたものだから、健太は焦った。おまけに、あゆみが「ああン」となまめかしい声をあげたのにも。

（こんなに濡れてるなんて！）

指頭にヌルミが感じられる。処女の秘割れを濡らすのは、明らかに欲望の証したる吐蜜だ。そうとわかったことで、今度は触れた手指をはずせなくなった。

「ごめんなさい、健太お兄ちゃん」

あゆみが涙目で謝ったものだから、罪悪感を覚える。

「あ、いや……べつに責めてるわけじゃ」

「わたし、健太お兄ちゃんが精液を出すところを見て、すごくいやらしい気持ちになっちゃったの。沙由美姉ちゃんたちとしてたときには、暗くてよく見えなかったんだけど……男のひとって、あんなふうに射精するのかってわかって、それで、エッチのときのこととか考えたりしたらたまらなくなって、つい自分で——」

煽《あお》られたのも仕方あるまい。バージンにはそれだけ淫靡《いんび》な光景だったのだろうと察してあげながらも、大胆な告白に健太の全身は熱くなった。

「夜中に露天風呂に入るときも、わたし、ときどき……いじっちゃうの。あそこなら誰もいないし、声が出てもだいじょうぶだから」

定治が言ったように、両親が心置きなく子作りに励んでくれるよう露天風呂に出ているのだとしたら、《今頃ふたりは――》と、あれこれ想像もするだろう。そうなれば自慰に耽《ふけ》るのはごく自然なこと。

(だけど、本当にあゆみちゃんが？)

こんなおとなしそうな子がと意外に思いつつ、でもおとなしいからこそ、孤独な独り遊びを好むのかもしれないと考える。物怖じしない元気な子なら、ボーイフレンドとペッティングやセックスを愉しむだろう。

「健太お兄ちゃんは、こんないやらしい女の子は嫌い？」

不安げな眼差しで訊かれ、健太は安心させるように笑顔で首を振った。

「ううん、そんなことないよ。なにをしてたってあゆみちゃんはあゆみちゃんだし、大事な妹なんだから。さっきも言ったけど、おれはあゆみちゃんが大好きだよ」

「よかった……」

泣き笑いの彼女が愛しくて、彼女の秘唇に添えられた指をそっと動かす。

「あふん」

あゆみがピクンと大腿部を震わせた。

「あゆみちゃん、いっぱい濡れてるね」

「やだ……」

「自分でいじるんじゃなくて、おれがさわっても気持ちいいの?」

あゆみはちょっと考えこむようにしてから、

「健太お兄ちゃんにさわられたほうが、何倍も気持ちいい……」

恥ずかしそうに告げた。

「じゃ——」

健太は乱暴にしないように、指を優しく蠢《うごめ》かせた。濡れたわれめをなぞり、わずかに突きでた陰核包皮を圧迫する。

「あ、そこ——」

あゆみが呼吸をはずませ、腿を閉じて健太の手を挟みこんだ。動きを封じられたものの、内腿の柔らかさに胸が躍る。

「ここ、気持ちいいんだろ?」

「……うん」

「だったら、腿をゆるめて」

ためらってから、あゆみは膝を少しだけ離した。けれど、健太が指を動かすと、またきつく閉じてしまう。

「おれにさわられるの、やっぱりいやかな?」

「そうじゃないんだけど……」

あゆみは困った顔で涙ぐんだ。

「じゃあ、怖い？」

「怖いっていうか……ヘンになっちゃいそうで……」

乱れてしまうことが恥ずかしいのだろう。ならば、対等の立場になればいい。

健太は愛撫を中断すると、代わりにあゆみの手をとった。怯《おび》えたように引っこもうとするそれを、自分の股間に導く。

「あ――」

ズボンの上から牡の中心に触れただけで、あゆみは身を強《こわ》ばらせた。

「あゆみちゃんもおれのをさわれば、おあいこだろ」

処女にはむごい仕打ちかもしれないが、すでに何度も猛《たけ》るその部分を目にしているのである。むしろ興味があるのではないかと推察したのだ。

案の定、あゆみは怖ず怖ずとであるが指を折り曲げた。盛りあがった内部にあるものをとらえようとする。そこは完全に勃起するまでには至ってなかったものの、ある程度ふくらんで脈打っていた。

「健太お兄ちゃんの、大きくなってるの？」

あゆみが驚いた顔で訊ねた。

「うん。あゆみちゃんとこんなふうにくっついているんだもの。いい匂いがするし、お尻や太腿もさわらせてもらって、すごく興奮してるんだ」

「……昼間、あんなに出したのに？」

「いつもより元気はないけどね。でも、あゆみちゃんが可愛いから、ここまで大きくなったんだよ」

告げると、あゆみは照れ臭そうに顔を伏せた。手にとらえたものを愛おしみ、揉み撫でる。それから思いきったように、

「これ、じかにさわってもいい？」

願ってもないことを口にした。

「もちろん」

答えると、ズボンの前を開く。腹のほうから侵入した手が、トランクスのゴムをくぐった。柔らかな指が亀頭粘膜に触れ、くすぐったいような快さがひろがる。

「あたたかい……」

膨張した筒肉を握り、あゆみがつぶやく。いたいけな手指にとらえられ、血流が海綿体をさらに充血させる。

「どんな感じ？」

快美に震える声で訊ねると、あゆみは小さなモミジをにぎにぎと動かした。

「見たときよりも、大きく感じる……フランクフルトみたい」

秘めやかな声で、率直な感想を述べる。

「本当はもっと硬くなるんだけどね。昼間たくさん出したから、あまり元気がないんだよ」

「でも、こんなに大きいよ」

実際、指がまわりきらないようである。しかし、六年生の女子児童に握られたときみたいに、かえって少女のあどけなさが強調される感じだ。妖しい悦びに、呼吸が自然とはずんできた。

「健太お兄ちゃん、気持ちいい？」

「うん。あゆみちゃんの手、とっても気持ちいいよ」

「よかった……」

わずかにベタつくのも気にならないらしく、少女の手は形状を確認するように動いた。手探りで包皮を亀頭にかぶせたり、くびれの段差を辿ったりする。くすぐったいような気持ちよさに、腰が自然とうねる。

「おれも、あゆみちゃんのさわるからね」

「うん」

今度は腿を閉じたりすることなく、あゆみは愛撫を受け入れた。そして、健太の指の動きに合わせて自らも肉根をさすり、緩やかにしごく。

「あ……はうぅ」
少女の喘ぎと、少年の息づかいが交錯する。
快感を与えられても、やはり疲れているのか、ペニスは完全にそそり立つまでには
ならなかった。硬度も普段の七割といったところで、どこか頼りなげ。それでも、初
めて手にする処女には、充分驚嘆に値するものであったろう。
「こんなのが、本当に……」
怖じ気づいたふうに、あゆみがつぶやく。それが女性の――あるいは自身の――膣
に侵入するところを思い描いたのだろう。わずかに身震いしたようである。
そのとき、健太は初めて、あゆみと結ばれたいという思いを募らせた。こうやって
愛撫を交わしながらも、それは愛しさの延長上にある行為で、セックスに繋がる欲望
絡みのものではなかったのだ。
それが、今すぐにでも彼女を組み伏せたくなるほどに、牡の情動が燃えあがる。
（いや、それはまずい――）
こんないたいけな少女のバージンを奪うことなど、許されるものではない。第一、
あゆみの求めているものは、優しく可愛がってくれるお兄ちゃんなのだから。
しかし、昼間彼女が口にした言葉を思いだし、健太はまた混乱した。
『わたしも、健太お兄ちゃんの本当の妹になりたいの――沙由美姉ちゃんや理緒お姉

ちゃんみたいに』

あゆみは明らかに、健太と結ばれることを求めている。『わたし、本気だから』と告げ、一糸まとわぬ裸身を晒した、あのときの目は真剣だった。

今もこうして愛撫を受け入れているのは、肉体を深く交わらせたいという感情があるからではないか。ただお兄ちゃんに可愛がってもらいたいというものではない。恥唇からとめどなく滲《にじ》みでる吐蜜は、女としての一途な思いを訴えている。

「健太お兄ちゃん、わたしとエッチしたい？」

いきなりの問いかけに、健太は思わず『うん』とうなずいてしまうところであった。

「え――あ、いや……」

うろたえたところに、またも驚くことが告げられる。

「わたしは、健太お兄ちゃんとエッチしたいの」

曖昧ではなく、はっきりとした願望。それはたしかに嬉しい告白に違いなかったが、健太のためらいを払拭するには至らなかった。いまだあゆみの本心がつかめず、「だけど……どうして？」と問いかえす。

「どうしてって？」

「あゆみちゃん、おれが理緒や沙由美ちゃんとしてるのを見て、そんなふうに思ったんだろ？」

「……うん」

「それで興味が湧いて、体験したくなったっていうだけなんじゃないの?」

「そうじゃないわ」

あゆみはきっぱりと否定した。

「わたしは、健太お兄ちゃんが大好きだから」

「だけど、あゆみちゃんはお兄ちゃんが欲しかったんだろ。普通、妹はお兄ちゃんとセックスなんかしないんだよ」

自分たちの行為を貶《おとし》めるようなことを、健太がわざと口にしたのは、彼女の真意を確かめたかったからだ。

「だけど……健太お兄ちゃんは、本当のお兄ちゃんじゃないもの」

だからセックスしても許されるという意味なのかと思ったら、そうではなかった。

「お兄ちゃんになってあげるって言われて、わたし、すごくうれしかったの。でもそれは、本当のきょうだいになるっていう意味とは違うんだよね。結局は今だけの関係で、健太お兄ちゃんが帰っちゃったら、それっきりな気がするの」

「いや、そんなことは——」

「健太お兄ちゃんは、ずっとお兄ちゃんでいるよって言ってくれたけど、やっぱり住んでる場所が遠すぎるもの。手紙を書いたり、電話でお話はできるかもしれないけど、それってやっぱり、きょうだいとは違うと思う。だって、ちゃんとした結びつきがないんだから」

あゆみが涙ぐみ、健太は胸打たれた。彼女が求めているのは口先だけの約束ではない。確固としたつながりなのだとわかったからだ。

「だからわたし、エッチがしたいの。理緒お姉ちゃんや沙由美姉ちゃんたちみたいに、健太お兄ちゃんとの確かな絆が欲しいの」

（あゆみちゃん、そこまでおれのこと……）

真摯《しんし》な訴えに、願いを叶えてあげたいという心境になる。もっとも、今すぐそうするには、肉体的な問題があった。

（とにかく、ここじゃ無理なんだから、時間を置いて考えることにしよう）

とりあえず絶頂させてあげようと、健太はコートでくるんだ少女を、そっと床に横たえた。

「え――？」

このまま処女を奪われると思ったのか、あゆみの表情に緊張が漲《みなぎ》る。安心させるために、健太は軽くくちづけた。ぷにっと柔らかな唇の感触に、情愛が募る。

「おれもあゆみちゃんが大好きだし、もっと深く知り合いたいって思うよ。でも、今は無理なんだ。紗奈ちゃんたちに搾り取られて、なにも残ってないからね」

告げると、彼女の頬が赤く染まる。恥ずかしそうにうなずいた。

「だから今は、別の方法であゆみちゃんを気持ちよくしてあげるよ」

健太は体の位置をずらし、脚を開かせた少女の中心に顔を伏せた。

「あ、だめ!!」

あゆみがとっさに脚を閉じようとする。しかし、間に合わなかった。年上の少年の唇が、蒸れたミルク臭を漂わせる処女の秘割れに、ぴたりと押し当てられる。

「健太お兄ちゃん、そこ、きたない――」

もちろんそんなふうに思うはずがなく、健太はほんのり甘じょっぱい恥蜜を丹念に舐め取った。

「あああ、ハッ……だめぇ」

いたいけな下半身が悩ましげにくねる。太腿がプルプルと震え、拒絶の言葉を発しながらも、肉体はそれに反するように歓喜を示していた。

健太が理緒や沙由美とセックスしていたところや、紗奈たちに弄《もてあそ》ばれた場面も目撃しているのだ。クンニリングスという名称は知らずとも、そういう愛撫方法があるということはわかるはず。案外、覗き見をしながら自分もされたいと思っていたのではあるまいか。

その証拠に、頭をきつく挟んでいた太腿から徐々に力が抜け、舌の動きを歓迎するように下腹がうねりだした。

「そこ……やああ、はふ、んふうぅ」

中学一年生の、見るからにおとなしそうな少女とは思えないほどに、喘ぎが艶っぽくなる。露天風呂でオナニーをするときも、こんな声を発しているのだろうか。

（ああ、あゆみちゃんの、おいしい――）

われめに溜まっていた分はしょっぱさが感じられたが、奥から新たに溢れてくるものは甘みが強い。粘っこく舌に絡みつくそれは、まさに処女蜜か。ヨーグルトのような乳くささも強まってくる。

「だめだよぉ、そんなの……」

相変わらず口では拒むものの、いたいけなわれめはきゅむきゅむと物欲しげに蠢《うごめ》き、挿しこまれた舌を挟みつけた。お尻が浮きあがり、またすとんと落ちる、その繰りかえしも間隔が短くなる。

「ヘンに……ヘンになっちゃうよぉ、健太お兄ちゃん――」

悦楽にむせびながらの呼びかけに、健太の舌づかいにいっそう熱が入る。包皮に隠れた敏感な肉芽を探り当て、チュッチュッとついばむように吸ってあげる。

「あひッ、ハッ、あはぁ、らメぇ」

こぼれるよがりも舌がもつれ、甘えたものになる。内腿のわななきも著しくなり、

絶頂が近いことを悟ったとき、

「あ、あッ、イヤ——」

あゆみの下半身が、壊れた機械のように突如暴れだした。健太の頭を太腿で力強く締めつけ、ハッハッとせわしない息づかいを示す。つづいて、

「いいい、あ——おにいちゃあーン！」

ひときわ甲高《かんだか》い声をあげた少女の肢体が、ギュンッと強《こわ》ばった。

「ぁ、ぁ、ア……」

ヒクつく腿から間もなく力が抜け、身体全体が地面に沈みこむようにぐったりとなる。あとはハァハァと、全力疾走のあとみたいに深い呼吸を繰りかえす。

（イッたみたいだな）

愛液が多量にこぼれたのか、いつの間にかビショビショになっていた恥芯から口をはずし、健太は伸びあがってあゆみを覗きこんだ。目を閉じて、頬をピンクに染めた少女は、半開きの唇からかぐわしい吐息《といき》を間断なくもらしている。

「あゆみちゃん、イッたの？」

優しく問いかけると、長い睫毛《まつげ》を震わせていた瞼《まぶた》が、ゆっくりと開いた。

「イッたって……？」

少女が虚《うつ》ろな眼差しで問いかえす。

「だから、最高に気持ちよくなったっていうか」

「ああ――」

そこまで言われて、ようやく理解したふうに小さくうなずく。

「……わかんない。わたし、今までこういうの経験ないから」

「え？　だけど、露天風呂でいじったりしてたんだよね？」

「そのときは、ぼんやり気持ちよくなったところでいつもやめてたから、ここまでにはならなかったわ」

オルガスムスの名残《なごり》か、あゆみは舌をもつれさせながら答える。それから、

「そっか、今のがイクってやつなんだね……」

ようやく納得したというふうに、しみじみとつぶやいた。途端に、両の瞳にジワッと涙があふれる。

「え、あゆみちゃん!?」

ひょっとして無茶をしすぎたのかと健太が焦ったとき、彼女が感極まったふうにしがみついてきた。「うッ、うっ」としゃくりあげる。

「ごめん……やっぱりおれ、やりすぎちゃったみたいだね」

謝ると、あゆみは「ううん、違うの」と答えた。

「嬉しいの……わたし、健太お兄ちゃんにイクことを教えてもらったから。健太お兄

ちゃんが、わたしの初めてのひとになってくれたんだもの」

本来の意味合いと異なる表現のような気がしたものの、健気《けなげ》な思いは充分に伝わった。健太は高まった愛おしさのままに彼女を抱きしめ、今度は情熱的にくちづけた。

「ン――」

あゆみも懸命に吸ってくる。舌を差しこむと、彼女も小さなそれで応えた。いたいけなバージンの唾液はサラッとしており、穢《けが》れない清涼さだ。

くちびるをはずすと、あゆみの頬はリンゴみたいに赤くなっていた。

「わたし、キスも健太お兄ちゃんが初めてだよ」

喜びをいっぱいにした泣き笑いの顔に、健太の胸がきゅんと疼く。

「おれ、あゆみちゃんの初めて、全部もらってあげるからね」

溢れる想いをそのまま伝えると、あゆみは嬉しそうにうなずいた。

「約束だよ、お兄ちゃん」

五の湯　ようこそ、いもうと温泉！

1　その効果は？

その夜遅く、定治が厨房《ちゅうぼう》の点検をしているところに、あゆみがひょっこりと顔を出した。

「おお、あゆみお嬢さん。吹雪《ふぶき》で薪小屋《たきぎごや》に避難してたんだって？　まあ、無事でなによりだったよ」

「ごめんなさい。定治さんにも心配かけちゃって」

「なあに、お嬢さんが元気ならそれでいいのさ」

「それで、定治さんに訊きたいことがあるんだけど」

「なんだい？」

「あの……薬草のことなんだけど」

「ああ、それがどうかしたかい?」

「あれって、本当に効果あるの?」

「もちろんさ。現に若旦那は毎晩元気ビンビンで、若女将(わかおかみ)もたいそう喜んでるんだぜ。もう腰が抜けるぐらいだって——」

いたいけな少女相手には露骨な発言だったことに気づき、定治はエヘンと咳払いをした。

「とにかく、あれの効果については、この定治さんを信用しときな。なにしろここでしか採れないうえに、知っている者もごくわずかっていう秘伝の薬草なんだからな」

「じゃあ、あれをたくさん飲めば、それだけ元気になるっていうことなの?」

「いや、そういうことじゃねえ。何事にも限度ってものがあらあな。あれは葉っぱ一枚(せん)煎じて飲めば、それで充分なんだよ」

「あ、そうなんだ。じゃあ、飲みすぎると、かえってよくないのね」

「そういうこと。まあ、どうなるかっていうのは、おれも試したことがないからわからねえんだが。ただ、おれにあれのことを教えてくれた先代の話だと、命にかかわることはないにせよ、かなり始末に負えない状態になるってことだったな」

「ふうん。それじゃあ、もしそうなったら、どうすればいいの?」

「そうだなあ。まあ、温泉にどっぷりつかって、毒を抜くしかねえだろ」

「そっか……ありがとう、定治さん。おやすみなさい」

「ああ、おやすみ」

身をひるがえし、急ぎ足で去っていった少女を見送り、定治はようやく気がついたというふうにつぶやいた。

「やっぱりお嬢さんは、あの薬草を採りに行ってたのか。しかし、誰に飲ませるつもりなんだ？」


廊下をパタパタと走り、あゆみが向かった先は、健太たちの部屋であった。定治の前では平静を装っていた顔が、今は泣きそうになっている。

「訊いてきたよ！」

部屋に飛びこむと、理緒と沙由美が待ちきれなかったという表情で迎えた。

「それで、なんだって!?」

突っかかるような理緒の問いかけに、

「やっぱり、たくさん飲んだらだめなんだって」

あゆみは息を切らしながら答えた。

「だめって、どういうこと？」

沙由美が涙目で訊ねる。

「どうなるかは、定治さんもよくわからないんだって。お父さんのお父さんに聞いた話だと、始末に負えない状態になるらしいって言うんだけど」

「つまり、こうなるってこと?」

理緒が視線を向けた先には、床に臥《ふ》せた健太がいた。布団のなかで、赤い顔をしてうんうんと唸っている。

「それじゃあ、健兄ちゃん死んじゃうの!?」

「定治さんは、命にかかわることはないって言ってた。温泉につかって毒を抜くしかないだろうって」

「毒っていうか、別なのを抜いたほうがいいと思うんだけど……」

理緒がつぶやく。彼女の目は、厚手の掛け布団をこんもりと盛りあげる中心をとらえていた。

「理緒ちゃんが悪いんだからね。そんないい薬草なら、たくさん飲めば効果が出るなんて言うから」

「理緒のせいにしないでよ。それを鵜呑《うの》みにして、あゆみちゃんが採ってきたの全部ヤカンのなかに入れちゃったのは、沙由美ちゃんじゃない」

「理緒ちゃんだって調子にのって、茎まで入れてたじゃない」

「あ、あれは、お兄ちゃんに早く元気になってもらいたかったから」

「嘘ばっかり。理緒ちゃんが元気になってもらいたいのは、健兄ちゃんじゃなくてオチン×ンのほうでしょ？」

「な、なんてこと言うのよ！」

「沙由美姉ちゃんも理緒お姉ちゃんも喧嘩しないで。最初にちゃんと確認しなかった、わたしが悪いんだから!!」

あゆみが涙声で割って入り、ふたりは不毛な言い争いを中止した。

「ううん、あゆみちゃんは悪くないよ。理緒たちが突っ走っちゃったせいなんだから」

「ごめんね。わたしもいけなかったの」

殊勝に謝った理緒と沙由美に、

「とにかく、健太お兄ちゃんをお風呂に連れていかないと」

あゆみはグスグスと鼻をすすりつつ提案した。

「そうだね。でも、またちょっと吹雪《ふぶ》いてるみたいだから、露天風呂は無理かも」

「だったらなかでいいわよ。今の時間なら、浴場には誰もいないよね？」

「うん、たぶん……」

「あ、紗奈にも声かけとく？」

「それはいいんじゃない。他の子たちに知られたらまずいもの」

「そうだね。じゃ、理緒たちだけで」

「さ、健兄ちゃん、行こう」

沙由美が掛け布団をめくる。健太は浴衣《ゆかた》を着ていたが、その裾は内側からはみだし、突き立ったもののためにめくれていた。

肉色の凶々《まがまが》しいそれは、いつもの二倍以上に膨張した彼のペニスであった。

2 法被とフンドシ！

いったいなにが起こったのか、健太自身よくわからなかった。たしかなのは、その異変が妹たちに勧められて飲んだ薬草茶——というより、ただ葉っぱを煮つめただけのお湯——を飲んだ直後に起こったということだ。

まず全身が熱くなり、頭の芯が朦朧《もうろう》とする感じがあった。風邪の症状に似ていたかもしれない。次いで、股間がびっくりするぐらい熱を持ちだした。

（ホントに効果がありそうだぞ）

そんな悠長なことを考えられたのは、ほんの数秒だったろう。それは効果があるどころの騒ぎではなかった。

ほぼ空になっていたはずの睾丸《こうがん》が、まずズキズキと痛みだした。いや、痛いというよりも、勝手に暴れまわっているという感じか。その感覚が輸精管を伝って精嚢《せいのう》や前立腺にまで伝播《でんぱ》し、間もなく海綿体に血流が殺到した。

「いたたたたたッ！」

反りかえるのにゼロコンマ何秒という急激な勢いで勃起したペニスを押さえ、健太はのたうちまわった。明らかに許容範囲を超える血液が、海綿体を充血させていたのだ。

このままでは爆発するかもしれない。妹たちの目の前ということも忘れて、彼は下半身をあらわにした。

「キャッ！」

「すごーい!!」

少女たちの驚嘆の声に自身を見おろし、立ち眩みを起こしそうになる。ひょっとしたらそれは、血流を下半身に取られてしまい、本当に頭の血が不足していたせいだったのかもしれない。

「な、なんじゃこりゃー!?」

健太は、長身でジーパンの刑事が殉職するときみたいな声をあげた。なにしろ彼のペニスは、普段の二倍は優にあると思えるほどにふくらみ、破裂しそうなほどビクビクと脈打っていたのだから。

（ば、化け物⁉）

自らの肉体の一部にもかかわらず、そんなふうに感じた。実際、なにかの異生物がその部分にとり憑《つ》いたという眺めであったのだ。

胴に浮きでた血管は、本数も太さも五割増し。熟したプラムのようにパンパンになった亀頭は、エラがアンコウ以上に張っていた。マッチョマンの腕みたいな筒棹も含め、色も全体に赤紫。陰嚢《いんのう》もぼっこりとふくれ、大きめのジャガイモという外観を呈する。

致命的な病巣が発見されたに等しいショックを受けた健太は、そのまま寝こんでしまった。発熱と下半身の暴れん棒を持て余し、いったいどうなるのかと煩悶《はんもん》しながら。

憶えているのは、あゆみが真っ青になって「定治さんに訊いてくる」と、部屋を飛びだしたところまでだ。

「さ、お兄ちゃん、行くよ」

「しっかり」

あとで気がつき、理緒と沙由美に抱えられて浴場に向かったときも、だから頭は半覚醒の状態。これからなにが行なわれるのか、少しも理解していなかった。

「ヤバいよ。女湯、誰かいるみたい」

「ウソー、こんな時間に⁉」

「どうしようか……あ、お兄ちゃんを女装させて——」

「オチン×ンがこんなになってるんだもの。絶対無理だよ」

「お姉ちゃんたち、男湯のほうは誰もいないよ」

「しょうがない。じゃ、理緒たちもそっちに入ろう」

「ハダカになって!?」

「当たり前じゃん。服着たまま湯船に入るわけにはいかないでしょ。お兄ちゃんをひとりにするわけにもいかないんだし」

「でも、誰か来たら……」

「ねえ、お姉ちゃんたち、いいのがあるよ。ほらこれ」

「なに、祭りの法被《はっぴ》?」

「昔、この温泉には背中を流す三助さんがいたんだって。そのときの衣装。これを着てれば、もしものときもだいじょうぶだよ」

「それ、下はフンドシじゃん!……まあ、ハダカよりはマシか」

「なんか、ある意味ハダカより恥ずかしいかも」

「背に腹は代えられないよ。それでいこう」

そんなやりとりが耳を通過したあと、脱衣所で裸にされ、ようやく(あ、風呂か)とわかった次第。

（理緒たちも一緒に入るつもりなのか？）

ここは男湯みたいだけど、と彼女たちのほうを見れば、あわただしく全裸になったふたりが青い法被を身にまとうのが見えた。お祭りでもはじめるのかと訝《いぶか》ったものの、背中のマークは玄関で見た、この宿の紋である。

「フンドシって、どう締めればいいの？」

「あ、わたし、一度紗奈に教わったからわかるわ。こうやって――」

褌《ふんどし》を締め、さらに豆絞りのハチマキを頭に巻いたのを見て、三助スタイルであることをようやく理解する。法被の下からのぞくお尻は、食いこんだ布でぷりんとした丸みが強調されている。愛らしくもエロチックな眺め。

ふたりに抱えられて浴場に入り、健太は湯船につかった。

「本当に、こんなんでよくなるのかなあ」

右隣りから理緒の声。浴場だからというばかりでもなく、妙に反響して聞こえた。

「だって、他にいい方法がないんだもん。仕方ないわ」

左からは沙由美の声。二の腕に押しつけられるふっくらしたものは、法被越しでも柔らかさを失わない乳房だろう。

前にもこんなふうに、ふたりに挟まれて風呂に入ったことがあるような気がするものの、いつのことだったかはっきりしない。そんな昔のことではなかったと思うのだが。もっとも、そのときは三助姿ではなく、全裸だったはず。

「それに、温泉の近くで採れた薬草だから、温泉につかれば余計な毒素も抜けるんじゃないの？」

「なんか取ってつけたような理由だなあ」

「ね、あゆみちゃんもそう思わない？」

この呼びかけに、健太はハッとして正面を見た。そこには同じように湯につかった、あどけない少女がいた。

（あゆみちゃんも一緒だったのか）

もともとあの薬草はあゆみが命懸けで採ってきたものであり、こうして付き合っているのも当然と言えば当然か。そして彼女は、どうやらスクール水着を着ているらしかった。裸ではまずいと、部屋からとってきたのだろう。

ともあれ、目の前の少女が泣きそうに表情を曇《くも》らせていたのに、

（おれ、ひょっとしたらこのまま死ぬんじゃないだろうか）

健太はやたらと不安になった。

「定治さんは、こうするしかないだろうって言ってたけど……」

あゆみが怖ず怖ずと答える。

「だけど、定治さんだって、こういう状況に出くわしたことがあるわけじゃないんで

しょ？　つまり、もっと他にいい方法があるかもしれないってことじゃない」

理緒の反論に、「他にって？」と、沙由美が首をかしげた。

「だから、毒を抜くんなら、手っ取り早く精液を出させるのがいいと思うの」

理緒の提案に、沙由美とあゆみは顔を見合わせた。健太も、

（そんな簡単にいくのか？）

と、半信半疑であった。なぜなら勃起はしていても、精液をほとばしらせたいという欲求が少しも湧いていなかったからだ。

「実際、チン×ンはギンギンなんだし、キンタマだってパンパンだよ。ようするに薬草のせいで精液が満タンになったってことなんだから、それを出しちゃえばこれも治まるはずよ」

「たしかにそうかもね」

沙由美がうなずく。

「ね、お兄ちゃんも精液出したいんだよね？」

「……どうかなあ」

話を振られた健太は、曖昧に返答した。温泉につかったおかげか、少しは頭の霧も晴れたようだ。

「でも、どうやって射精させるの？」

あゆみが大胆なことを問いかける。

「それは理緒たちが――」

答えかけた理緒は、すぐに口をつぐんだ。自分たち兄妹の関係を、従妹に知られたらまずいと思ったのだろう。しかし、

「理緒お姉ちゃんたちが、また健太お兄ちゃんとエッチするの？」

これには、理緒も沙由美も驚愕をあらわにした。

「ま、またって!?」

「え、それじゃ――」

「ごめんなさい。わたし、健太お兄ちゃんとお姉ちゃんたちが露天風呂でしてたの、見ちゃったの」

あゆみに言われて、ふたりは絶句した。

「……お兄ちゃん、知ってたの？」

理緒に訊ねられ、健太は、「おれもあとから聞いたんだ」と答えた。

「そっか……まあ、見られたんじゃしょうがないか」

理緒はすぐに開き直った。

「そうだよ。理緒たちは、お兄ちゃんが大好きなんだもん。だからきょうだいでもエッチしてるの。ただ気持ちいいからっていうんじゃなくて、きょうだいの結びつきを

深めるためにね」

非難されるのは覚悟のうえという、毅然たる態度。けれど、あゆみが「うん、わかるよ」とあっさりうなずいたものだから、虚を衝かれたようだ。

「それだけ健太お兄ちゃんと理緒お姉ちゃんたちは、お互いに愛し合ってるってことなんだものね」

中学一年生の少女にマセたことを言われ、理緒は年上としての立場がなさそうに顔をしかめた。

「ま、そういうこと」

取り繕うように答える。

「そういうのって、うらやましいな……」

「え?」

「あ、ううん。なんでもない。だけど、健太お兄ちゃんのこんなに大きくなってるのに、エッチなんかできるの?」

あゆみの疑問ももっともだったろう。健太だって、こんなものを妹たちの狭い膣に挿入したいとは思わなかった。

「たしかに無理っぽいかも」

沙由美も同意してうなずく。

「まあ、アソコに挿《い》れるのはキツいかもしれないけど、だったら手や口を使えばいいじゃん」

「口も難しそうだよ」

「やってみなくちゃわかんないって。とにかく、当たって砕けろよ」

本当に砕けちゃ困るんだがと、いまだすっきりしない頭で思いつつ、健太は妹ふたりに立たせられ、檜《ひのき》風呂の縁にあお向けにさせられた。

股間の高まりは、温泉につかって毒気が抜けるどころか、いっそう猛々《たけだけ》しさを増したかに見えた。濡れたことで、黒光りの様相を呈する。

「全然おとなしくなってないね」

「やっぱりモトから断たないとだめなんだよ」

沙由美は湯船のなか、理緒は風呂からあがって、左右からその部分を覗きこむ。濡れた法被《はっぴ》が素肌に張りついているうえ、羽織っているだけだから胸もともあらわ。褌《ふんどし》姿も妙にそそられる。

「うー、だけど、こうして見るとますますごいね。さわるのも怖いぐらい」

「お兄ちゃんのためなんだからね。理緒たちでちゃんとイカせてあげなくっちゃ」

「うん……」

そんなやりとりを耳にしつつ、健太が頭をもたげると、足もとのほうにあゆみの姿が見えた。浴槽の縁に腰かけ、不安げな眼差しで成り行きを見守る。手前に凶悪な肉器官があるせいか、彼女のあどけない水着姿がやけに痛々しい。もっとも、浴場で目にするスクール水着は、妙にエロチックでもあった。

「じゃ、理緒が先にするからね」

中学二年生の妹の手が、そそり立つ肉根を握る。感覚が鈍っているのか、握られているのはわかるものの、快さはない。

「うわ、すごく硬い。ハンパじゃないよ」

「本当?」

沙由美の手も根元近くに絡む。

「やん、ガチガチじゃない。指もまわりきらないわ」

「これは早くしないとヤバいかも。破裂しちゃいそうだもの」

「それじゃシコシコしてあげて」

「うん」

理緒の手が硬直をしごく。だが、包皮の余りがないために、かなりやりにくそうだ。

「こっちもパンパンだわ」

沙由美が陰嚢《いんのう》を撫でる。くすぐったいような気持ちよさはあるものの、いつもほどではない。

「お兄ちゃん、気持ちいい？」

理緒の問いかけに、健太は「うーん」と顔をしかめた。

「よくないの!?」

「まったく感じないってわけじゃないけど……」

皮が突っ張っているために、あまり大きく動かされると痛みが生じる。だが、刺激を受けたせいだろう、それまでにはなかった射精欲求がこみあげてきた。

(たしかに精液を出せば、これも治まるかもな)

直感的に、そんな気もしてくる。

「皮を動かすんじゃなくて、唾を垂らしてこすってくれないか」

「わかった」

要請に従い、理緒は屹立の真上からタラッと唾液を垂らした。

「ね、沙由美ちゃんも」

「うん」

沙由美も同じように、小泡混じりの液体を口もとから落とした。

「こんなに大きいんだし、ふたりでしたほうがいいんじゃない？」

「そうだね。片手でも無理っぽいし、両手を使ったほうがいいかも」

「じゃ、わたしは下のほうをするから、理緒ちゃんはアタマのほうね」

「わかった」

ふたりは両手で包みこむように握り、唾液のすべりを利用して肉棒を摩擦した。

「うん、このほうがいいね」

ちゅくちゅくと卑猥《ひわい》な濡れ音が聞こえだす。理緒は亀頭全体を、沙由美は血管の浮いた肉棹を、リズミカルにこすった。

（あ、気持ちいい――）

ようやく本来の快感を得られるようになり、健太は腰を浮かせた。不思議なもので、頭のほうもはっきりしてくる。

「どう、お兄ちゃん、気持ちいい？」

「健兄ちゃん、気持ちいい？」

ふたりの問いかけに健太はうなずき、「いい感じだよ」と答えた。

「これならきっと精液が出るね」

「だけど、ちょっとすべりが足りないかも」

「そうだ。あゆみちゃん、ボディーソープ持ってきてくれる？」

「うん」

あゆみが壁際に走り、鏡の前に置いてあったポンプ付きのボトルを持ってくる。

「ここにたっぷりかけてくれる？」

「あ、オシッコの穴にはかからないようにしてくれよ。沁みて痛いんだから」

健太が声をかけると、あゆみは「わかった」と返事をし、ポンプのノズルを押した。ピュッ、とぴゅっ――。

さながら射精のように噴出した白い粘液は、肉器官にべっとりとまとわりついた。

「うん、そんなもんでいいや」

ふたりがかりの上下運動が再開され、ペニスはたちまち泡にまみれた。

リズミカルな摩擦により、健太は快美に包まれた。体のあちこちをピクッと震わせるほどに気持ちよく、呼吸もはずんでくる。

「健兄ちゃん、気持ちよさそう」

「これならすぐにイッちゃうよね」

健太のほうも、そうなることを求めていた。溜まりきったものを解放して、楽になりたかった。

ところが、快感があるところまで高まると、あとは上昇する気配を見せなくなった。下降するわけではないが、その高さのまま推移しつづける。ちょうど、あ、出そうかもと、ペニスへの刺激を強めたくなるあたりの気持ちよさ。それゆえ、もどかしさが大きい。カウパー腺液だけがトロトロと溢れ、泡を溶かしてゆく。

（ああ、なんだって――）

射精したくてもできず、歯噛みしたくなる。

「お兄ちゃん、まだ出ないの？」

理緒が焦れったそうに問いかける。ふたりとも息があがっている様子。沙由美は下半身が湯につかっているせいか、額《ひたい》や胸もとから汗を滴《したた》らせている。

「うん……もうちょっとだと思うんだけど」

「わたし、もうくたびれちゃったよぉ」

沙由美が音をあげた。

「がんばってよ、沙由美ちゃん。あ、あゆみちゃんも手伝ってくれる？」

「うん、なに？」

「キンタマを撫でてほしいの」

健太は脚を開かされ、そのあいだにあゆみが膝を進めた。

「このフクロのところをモミモミしてあげて。男の子の急所だから、あんまり強くしないでね」

「うん、やってみる」

素直に伸ばされた小さな手が、ぷっくりふくれた嚢袋を包みこむ。

「おお……」

シャボンの泡を利用して撫でられることで、快感が高まった。スクール水着の少女による淫靡《いんび》な奉仕に、興奮させられたせいもあるのだろう。

「健兄ちゃん、感じてるみたい」

「きっともう少しだよ。がんばろう。あゆみちゃん、お尻の穴とかもいじっていいからね」

「うん」

ニチャニチャ、ヌルヌル、サワサワと、三人の少女によるエッチなご奉仕。性器のあたりにとどまっていた快さが、下半身全体にひろがるのを感じる。

あゆみの参加で悦びが増し、性感曲線の位置も高くなる。しかし、そのまま上昇するということにはならなかった。さっき以上にもどかしさの強い状態がつづいて、身悶えしたくなる。

（ああ、早く出したいのに――）

脚をピンと伸ばし、爪先をくねくねさせてオルガスムスを誘っても、なかなか捕まえることができない。

「やっぱりだめみたい」

今度は理緒が疲れきったふうにため息をついた。

「やっぱり手なんかじゃ気持ちよくないのかなあ」

沙由美もため息交じりにこぼす。

「じゃあ、沙由美ちゃんはどうすればいいって言うの？」

「んー、やっぱりエッチするしかないいんじゃない。アソコで全体をキュッと締めつけてあげれば、射精するような気がするんだけど」

「こんなおっきいのを!?」

怯《おび》えをあらわにした理緒であったが、手のなかで脈打つものを見つめる瞳に、間もなく決意が漲《みなぎ》った。

「わかった。理緒がエッチするよ」

「え!?」

「理緒お姉ちゃん、だいじょうぶなの？」

沙由美もあゆみも、目を丸くする。

（本気なのか!?）

もちろん健太も不安を覚えた。

「だって、お兄ちゃんのためなんだもの。このままじゃかわいそうだし」

そう告げた理緒が、ちょっぴり頬を赤らめる。

「それに、ホント言うと、さっきからオマ×コがムズムズしてたんだ」

あながち嘘でもなさそうに、腰を悩ましげにくねらせる。

「とにかくやってみるから、ふたりも協力して」

3 連続絶頂

「本当にこんなのが入るの？」

健太をまたぎ、褌《ふんどし》を横にずらして性器をあらわにした理緒を見あげ、沙由美が心配そうに訊ねる。

「わかんないけど……とりあえずやってみるよ」

「だったら、もっと濡らしたほうがいいんじゃない？」

「うーん……けっこう濡れてると思うんだけど」

「念には念を入れたほうがいいよ」

沙由美は湯からあがると、無毛の秘部に口をつけた。

「あ、やーん」

理緒がなまめかしい声をあげたすぐあとに、ピチャピチャ、チュウッといやらしい舐め音、吸い音が響いた。

「はああ、だめぇ」

十四歳の細腰が、ワナワナと震える。

「ね、あゆみちゃんも手伝って」

沙由美の呼びかけに、あゆみは「うん」と従った。

「後ろから舐めてあげて。あのとき見てたのならわかると思うけど、理緒ちゃん、お尻もけっこう感じるから」

「うん、やってみる」

了解したあゆみが、お尻に挟まった縦褌《たてみつ》をクイッとずらす。

「ちょっと、そんな——あ、はあああッ!!」

前後から少女たちの口唇愛撫を受け、理緒は今にも崩れ落ちそうに全身を揺らした。表情も快感に蕩《とろ》けだす。

(理緒のやつ、本当におれと——)

悦びに身をくねらせる妹の姿に欲望を煽《あお》られつつ、彼女が本当にセックスをするつもりなのかと考えると、健太は気が気ではなかった。

(ただでさえ狭いアソコなのに、こんなのが入るのか?)

ひょっとしたら裂けてしまうのではないかと、いささか猟奇的な場面が脳裏に浮かぶ。一方で、この猛《たけ》るものを柔襞で締めつけられ、悦びにひたりたいという思いも募った。

「あふ、感じる……立ってられないよぉ」

理緒がすすり泣き交じりの声をあげ、沙由美はようやく口をはずした。

「うん、このぐらいビショビショならだいじょうぶかな」

「理緒お姉ちゃん、お尻の穴がヒクヒクしてたよ」

あゆみの悩ましげな声も聞こえた。

「やあん、言わないで」

グズりながらも、理緒が腰をゆっくりと落とす。中腰の姿勢で、屹立の真上に秘芯を近づける。

「うん、そのまま下に……もうちょっと」

沙由美がペニスを支え持って誘導する。間もなく、先端に濡れたわれめがぴたりと密着した。

「ふう――」

理緒が大きく息を吐く。巨根を受け入れるのを前にして、気持ちを落ち着けているのだろう。そして、

「じゃ、挿《い》れるよ」

覚悟の宣言をしてから、そろそろとヒップを下降させる。

「う――」

ヌメるものが亀頭を包みこんでゆくのに、健太も快美にひたった。だが、先端が半分もめりこまないところで、関門に遮《さえぎ》られる。おそらく膣の入り口だ。

「ううン」

理緒も苦しげに呻き、動きをとめた。

「だいじょうぶ？」

沙由美に見あげられ、吐息《といき》をはずませていた彼女は、

「……うん、なんとか」

答えてから、再び身体をさげていった。

（うわ、キツい——）

膣口が徐々にひろがってゆく。いつになく強烈な締めつけに、健太は顔をしかめた。それだけ自分のモノが大きくなっていることを実感する。加えて、理緒が緊張のあまり肉体を強《こわ》ばらせているせいもあるのだろう。

（こんなの……切れちゃうんじゃないか？）

たしかに快いのだが、やはり妹を気づかう気持ちが先に立つ。中止させたほうがいいと思ったものの、

「理緒ちゃん、もっと身体の力を抜いて」

沙由美に声をかけられ、すーはーと深呼吸をした少女が、思いきったように体重をかけてきた。ゆっくりだった侵入スピードが加速する。

「あ、あッ、入ってくる！」

焦りとも恐怖ともつかない声のあと、

ぬむんッ——。

もっとも径の太いところを乗り越えると、肉根は呆気なく狭窟に呑みこまれた。

「はあああッ！」

理緒がのけ反って悲鳴をあげる。剛直を受け入れた膣が、あわてたようにギュウッと締めつけてきた。

「入ったよ、理緒ちゃん!!」

沙由美の呼びかけにも、

「うっ……う——」

彼女は苦しげな呻きをこぼすだけ。閉じた目から、涙がひと雫《しずく》こぼれ落ちた。

(どこか切れちゃったんじゃないのか!?)

健太が心配になったとき、理緒が瞼《まぶた》を開いた。

「理緒ちゃん、だいじょうぶ？」

沙由美が涙声で問いかける。

「……うん。思ってたより平気かも。かなりいっぱいな感じだけど」

「痛くないの？」

「痛いっていうか……なんかこう——」

考えこむように、理緒が眉をひそめる。陰嚢《いんのう》の上に乗っかったお尻が、悩ましげにくねった。

「……けっこう気持ちいいかもしれない」

「え？」

これには、健太はもちろん、沙由美もあゆみもきょとんとなった。

「気持ちいいって──」

「ちょっと動いてみるね」

理緒が腰をわずかに浮かせる。そうして再び座りこんだとき、健太はペニスの先端になにかがコツッと当たるのを感じた。

「あふうぅっ！」

途端に、官能の色合いに染まった声があがる。

「これ、奥を突かれると、なんかビリッとくる……」

亀頭が子宮の入り口に当たったのではあるまいか。それがお気に召したらしく、理緒は息をはずませながら身体を上下に揺すった。

コツ、つん──。

「ああ、当たる当たるぅー」

「おお──」

肉器官全体をぴっちりと包みこむものに摩擦され、健太も快感に喘いだ。

「やん、クセになっちゃいそう」

たちまち動きがリズミカルになる。褌《ふんどし》の脇からあらわになった毛のない恥丘が、ペニスの付け根にパッパッとぶつかる。

「はああ、すっごく感じちゃうッ」

中学二年生の美少女による騎乗位。法被《はっぴ》の前を全開にした理緒は、ぷるんぷるんと乳房をはずませる。見ているだけで酔ってしまいそうな眺めだ。

「気持ちいい……あ、チン×ンがいいのぉ」

放たれる言葉も猥雑極まりない。

（おいおい、激しすぎるだろ）

結合部に視線を向ければ、無毛のわれめのところに、極太の肉棒が見え隠れする。そこに、いつの間にか白く泡立った粘液がまとわりついていた。ニチュくちゅと、卑《ひ》猥《わい》な音もこぼれる。

「やあん。あんなおっきいのが、出たり入ったりしてるぅ」

その部分を覗きこんだ沙由美も、泣きそうな声をあげた。

「本当だ……すごい。お尻の穴まで濡れちゃってるよ」

あゆみは後ろから観察しているらしい。

「やん、そんなとこ見ないでよぉ」

なじりながらも、理緒は腰の動きをとめない。ときおり前後のひねりも加えて、逆ピストン運動に無我夢中。

「ああ、嘘、信じられない……なんでこんなに気持ちいいのォ？」

妹のよがり泣きは、しかし健太を戸惑わせた。

(なんだよ、やっぱりペニスが大きいほうが感じるっていうのか!?)

それとも、傘をひろげた武骨な形状がいいのだろうか。ともあれ、あんなに心配するんじゃなかったと鼻白むほどに感じまくっている。

もちろん健太のほうも、なまめかしい腰づかいで悦びにひたる。射精直前のところで漂っていた快感が、いよいよ上昇の気配を見せてきた。

ニッチュ……くちゅ、ジュチュ、ぢょぷ――。

濡れ音がいっそう激しくなる。肉襞の締めつけはそのままに、内部が著しく熱を帯びてきた。これならイケそうかもと、健太は無意識のうちに腰を突きあげた。

「はひッ、あああぁ、感じるぅ」

「すご……」

沙由美は声も出せなくなったふうに、兄妹のセックスを見つめる。理緒の後ろにいて見えないものの、たぶんあゆみも同じように茫然としているのではないか。バージンの彼女には、かなり目の毒だろう。

ものの三分も経たないうちに、理緒は限界を迎えたようであった。そして、

「だめ……も、らめぇ」

「イクっ、ううう、いぐぅううぅッ！」

ガクガクと全身を揺すり、口もとからよだれを垂らして昇りつめる。同時に、健太の下腹に生暖かいものがひろがった。オシッコを漏らしたか、それとも潮を噴いたのか。かつてない絶頂反応であった。

「うおおおおおッ！」

そして健太も、めくるめく官能の極致に腰椎を砕けさせた。ロデオマシーンのように全身を揺すり、ドクドクと精液をしぶかせる。

（ああ、なんて気持ちいいんだ……）

何日か禁欲したあとのオナニーに匹敵する快感。妹たちと親密な関係になってからはとんとなくなったが、健太はそれを懐かしく思いだした。手足をピクピクと歓喜に震わせながら。

「うああ、あ、熱いー」

ほとばしりを感じた理緒が、のけ反って声をあげる。逆流した精液が頭部を温かく包んだものの、

（あれ？）

多量の放出にもかかわらず、ペニスは少しも強《こわ》ばりを解いていなかった。さらなる悦びを欲しがって雄々しく脈打つ。

だったらと、健太は妹の細腰を両手で支え、真下から勢いよく突きあげた。

「あひっ、あッ、は、激しすぎるぅ」

再び理緒が悶え狂う。すすり泣き、表情を艶っぽく歪め、与えられる悦楽のブロウにあらわなよがりをあげる。

「だめ……も、おかしくなっちゃううぅ!!」

突かれる女唇からは、くぽぬぽ……グチュと、卑猥《ひわい》な音がだだもれだ。肉棒も牡牝入り混じった白濁液にまみれている。

(すごい。いくらでもできそうだ)

快美にいざなわれ、抽送のスピードがあがる。急造されたザーメンが次から次へととば口に運ばれ、それから健太はたてつづけに三度、妹の子宮口に精を放った。

「ああ、も、死んじゃう――」

理緒は兄の倍の回数、オルガスムスに昇りつめた。

4　ロストバージン

健太の上にうずくまった理緒は、ゼイゼイと荒い息づかい。やっとのことで腰をあげると、そのまま横に転がってしまった。

「ちょっと、理緒ちゃん、どうしちゃったのよ!?」

激しい行為に目を丸くしていた沙由美は、完全にグロッキーという状態の彼女に、心配そうに声をかけた。

「だ、だって……お兄ちゃんの、すごいんだもん」

なかなか平常に戻らない呼吸の下から、理緒がどうにか答える。

「も、身体がバラバラになっちゃいそうだったんだよ。全身がオマ×コになっちゃったみたい」

はしたない説明も、それだけ快感が大きかったことの証明であったろう。

「起きられる?」

「……無理みたい。腰が抜けちゃった」

あお向けになって、ひたすらハァハァと胸を上下させるだけ。だらしなく脚を開き、あらわなままの陰裂から、ドロリと多量の白濁液がこぼれた。

「そんなにキモチいいんだ……」

沙由美がそそり立ったままのペニスに目を向ける。ねっとり濃い精液と、理緒の愛蜜が塗りたくられたそれは、まだまだし足りないとばかりに頭部を振っていた。

「健兄ちゃん、あんなに射精したのに、まだこんななの？」

問いかけられ、健太は「ああ」と、気まずさを覚えつつ返答した。

「理緒ちゃんとのエッチじゃ満足できなかった？」

「そんなことはないけど。たぶん、もうちょっと出せばなんとか……」

「じゃ、理緒ちゃんはもう無理みたいだから、わたしがするね」

我慢できないというふうに、沙由美は腰を浮かせた。情欲にきらめく瞳で褌《ふんどし》をはずすと、健太のすぐ横で四つん這いになる。

「ね、バックから挿《い》れて。屋上でしたときみたいに」

剝き出しのヒップをなまめかしくくねらせる破廉恥《はれんち》ポーズ。煽《あお》られて、健太もノロノロと身を起こした。膝立ちになり、彼女の真後ろに進む。

「沙由美姉ちゃん、だいじょうぶ？」

あゆみが心配そうに声をかける。

「うん。理緒ちゃんだって平気だったんだもの。わたしだってなんとかなるわよ」

「でも……お尻でエッチするの？」

「ううん、今はおま×こ」

沙由美は答えてから、

「やだ、そんなところまで見てたの⁉」

今さら焦りをあらわにした。

「うん。すごいなって思っちゃった」

「もう……」

恥ずかしそうに身をよじり、それから開き直ったか、

「だったら、オチン×ンを導いてくれる？　健兄ちゃん、なんかフラフラしてるみたいだから」

バージンには酷な要請をした。

「う、うん」

あゆみは健太の横に移動し、おっかなびっくりペニスに手を伸ばす。小さな手が淫液にまみれた強《こわ》ばりをキュッと握ったとき、切ない快さが少年の背筋を伝った。

「あん。あのときより、ずっと大きい……」

いたいけな処女のつぶやきを、沙由美は聞き逃さなかった。

「あのときって——あゆみちゃん、健兄ちゃんのオチン×ンをさわったの？」

「あ、えと」

あゆみは赤面しながら、

「沙由美姉ちゃんたちがエッチしてたときよりもって意味だよ」

言いわけしたのに、沙由美は振りかえって怪訝《けげん》なふうに眉をひそめた。それでも、

「じゃ、お願い」と告げてから、ヒップを高く掲げる。

あゆみの導きで、先端がわれめにくっつく。背中を向けているから表情はうかがえないものの、沙由美が緊張している様子が伝わってくる。

「いいよ、健兄ちゃん。挿《い》れて！」

告げられるなり、健太は勢いをつけて硬直を送りこんだ。

にゅむるん――。

たっぷりと濡れていたおかげだろう、強《こわ》ばりはやすやすと狭窟を犯した。

「うふうぅぅぅうーッ！」

悲痛な声があがり、のけ反った身体がワナワナと震える。あゆみが根元を握っていたので、全部入ったわけではない。それでもあれを一気にというのは無茶だったかと、ぴっちりと隙間のない締めつけを浴びた健太が思ったとき、

「ウソ……これ、なに？」

とても信じられないというつぶやきが聞こえた。

「あゆみちゃん、手、離してくれる？」

「あ、うん」

あゆみが焦って手をはずすと、瑞々《みずみず》しいお尻がバックした。健太の下腹にぺたりと密着したそれは、臀部に窪みをこしらえてすぼまる。

「おおう」

熱い締めつけが硬直全体を包み、健太も喘ぎをこぼした。

「う、うふッ、ううう――」

呻きともすすり泣きともつかない声を、沙由美がもらす。腰まわりがピクピクと痙《けい》攣《れん》し、これはまずいのではないかと心配したのも束の間、

「……あはッ。ホントに気持ちいいよおっ！」

彼女はすぐにヒップを前後に揺すりだした。健太が動くのを待ちきれないというふうに、自ら腰を激しく動かす。

ぴたン、ぱつッ、ちゅぷっ、にちゅ――。

結合部からあらわな音がこぼれるのに合わせ、

「はふッ、ア、ああン、あふ、んふうぅぅ」

少女のよがりが浴場に響き渡る。

(なんてこった、沙由美ちゃんまで)

「当たる……奥にオチン×ンが当たってるのぉ」

あられもない言葉に、こっちが赤面しそうになる。あゆみも圧倒されたふうに、従

姉の痴態を見つめていた。

法被《はつび》を羽織っただけの半裸体。絶え間なく前後するお尻の谷間に、これまで何度も挿入してきた秘肛が見える。汗が垂れたのか愛液がそこまで飛び散ったのか、濡れ光るそれはむにむにといやらしくすぼまる。

破廉恥《はれんち》な光景に、健太も高まった。くびれをぴちぴちとこすってくれる柔襞の感触も快い。欲望のトロミが、またも根元に溜まってきたよう。

(あれ、なかに出してだいじょうぶなのかな？)

健太はふいに気になった。あのひと悶着あった生理終了の日からの日数を考えると、決して安心できないと思われるのだが。昨日、彼女が精液をアヌスで受けとめていたのは、危険日だという認識があったからではないのか。

「あああ、感じる……はあッ、はふぅーン」

なまめかしい声をあげ、お尻のわれめを幾度も収縮させる沙由美は、悦楽希求に夢中のよう。安全日かどうかなど、訊きだす余裕もなさそうだ。

(残念だけど、ここは我慢するしかないか)

そう思って、ふとあゆみのほうに視線を向けた健太は衝撃を受けた。

(嘘だろ!?)

休みなく尻を振る沙由美を見つめながら、あゆみはなんと水着の股間に手を添え、上下にさすっていたのだ。悩ましげに吐息《といき》をはずませながら。

(あゆみちゃんがオナニーを?)

そういうことをしていると、告白を聞いていたにもかかわらず、驚きを禁じ得ない。トロンとした目つきは色っぽく、いだいていた印象とのギャップが、健太の胸を妖しく昂《たかぶ》らせた。

おかげで、堪えようとした射精欲求が、メルトダウンに近づく。

(ああ、ヤバい)

奥歯を噛み、頭を振り、ここはまったく関係のないことを考えようと、元素記号を順番に思いだそうとする。しかし、最初の水素記号で卑猥《ひわい》な雑念が生じ、少しも意味をなさなかった。

そのとき、沙由美が絶頂を迎えた。

「はあああああ、イクぅッ!」

甲高《かんだか》い悲鳴をあげて、ピンとのけ反った上半身をブルブルと震わせる。膣内の締まりも増した。

(ええい、どうにでもなれッ!!)

体中の神経が蕩《とろ》けるような快さに理性を粉砕され、健太は少女のたわわなヒップをつかむと、高速ピストンで責めたてた。

「ああ、あああッ、おかしくなっちゃふぅぅぅ」

身悶える沙由美の体内に、短期集中生産の精液をどっぷりと注ぎこむ。

「うああ、あ、オチン×ンがビクビクいってるぅ」

もちろんそれで満足できるはずがない。一度射精するのも二度射精するのも同じことだと、健太は限界に挑むようなつもりで、妹を突きまくった。

「だめだめ——あああ、おま×こ壊れちゃうー」

結局膣に二度、それからアヌスにも二度、沙由美は体内にほとばしりを受けた。

「も、限界……許して——」

そうして彼女も、理緒と同じくどうにかペニスを抜くと、力尽きたように脇に倒れこんでしまった。

「沙由美ちゃん、だいじょうぶか!?」

声をかけても返事がない。快感がすごすぎて失神したらしい。いつの間にか理緒も、フーフーと寝息をたてていた。

（どうすりゃいいんだよ……）

何度射精しても満足しない凶悪な男根を持て余し、ここは自分で処理するしかないのかと健太は嘆いた。そのとき、精液と愛液にべっとりと濡れ、ぷんぷんといやらしい匂いを放つ一物を握られる。

「え？」

手にしたものを真剣な眼差しで見つめるのは、あゆみであった。

「あゆみちゃん!?」

驚いて声をかけたものの、あゆみは視線を合わせることなく、座らせた健太の腰を無言でまたいだ。対面座位のかたち。スクール水着のクロッチを片側にずらし、秘毛も淡い未成熟な性器をあらわにする。

「あゆみちゃん、なにを——!?」

もちろん訊くまでもなかったろう。あゆみはそこでようやく、決意を滲《にじ》ませた瞳を向けた。

「健太お兄ちゃんとエッチするの」

想像した通りの答えを口にする。

「だけど……あゆみちゃんは初めてなんだろ？」

問いかけに、無言でコクリとうなずく。

「だったら——初体験がこんなところでなんて、やっぱりよくないよ」

「ううん、いいの」

「いいのって」

「だって、健太お兄ちゃんにバージンをあげられるんだもん。場所なんかどうだっていい」

真摯《しんし》に訴える言葉に、胸がジンと熱くなる。ペニスも早く処女を貫きたいとばかりに脈打った。

しかし、ここで情や欲望に流されてはいけない。健太はどうにか彼女を思いとどまらせられないか考えた。

「おれのそれ、今、かなりまずいんだよ。ふたりとしてイキぐせがついちゃったみたいで、あゆみちゃんのなかに入ったら、たぶんすぐに出ちゃうと思うんだ」

実際、射精すればするほど、快感も高まっていた。このままだと最後にはどうなってしまうのかと、健太は恐怖をいだいていたのである。

「いいよ。健太お兄ちゃんが楽になれるんなら、それで」

「いや、でも――妊娠とか」

「わたし、もうすぐ生理のはずだから、だいじょうぶ。それに、もし赤ちゃんができても――」

あゆみは恥ずかしそうにほほ笑んだ。

「それこそ、健太お兄ちゃんとの愛の結晶だもの。わたし、絶対に後悔なんかしない」

きっぱりと告げる彼女の笑顔は殉教者のようであり、また、天使か女神とも思えた。

「あゆみちゃん……」

「ね、健太お兄ちゃん、わたしとひとつになって！」

言うなり、あゆみは腰を沈めた。隙間なくコーティングされた姉蜜とザーメンのヌメりを借り、牡の剛直が幼く狭い処女口を切り拓く。

「ああぁッ！」

絶叫に近い悲鳴が、あたりの空気をビリビリと震わせた。

「あゆみちゃん!!」

前のふたりとは比べものにならない窮屈さに、健太は目の奥に光がまたたくような快美に包まれた。それでもなんとか爆発を堪えて呼びかけると、処女を喪失したばかりのあどけない少女が目を開ける。水着から伸びた白くて細い手足を、ふるふると震わせながら。

「……やっぱり、初めてって痛いんだね」

無理に笑顔をつくってみせるものの、眉間《みけん》にシワをこしらえたそれは、泣き笑いにしか見えない。

「だいじょうぶ!?」

「うん……痛いけど平気。うれしいから」

あゆみの潤んだ瞳から、涙がポロポロとこぼれ落ちた。

「だって、健太お兄ちゃんとひとつになれたんだもの」

健気《けなげ》な言葉に、健太も泣きたくなった。同時に、狂おしいまでの悦びもこみあげる。

健太は衝動のままに、スクール水着をまとう華奢《きゃしゃ》な身体を抱きしめた。

「お兄ちゃん――」

あゆみも腕を背中にまわし、コアラのようにキュッとしがみつく。

(ああ、すごい……あゆみちゃんのなか――)

窮屈でも柔らかい。そしてびっくりするほど熱い。ズキズキと響いてくる破瓜《はか》の痛みにも煽《あお》られ、終末に向けてのカウントダウンがはじまる。ここは早く終わらせるのが彼女のためだと思い、健太は理性の堤防を崩した。

「あゆみちゃんのなか、すごく気持ちいいよ」

「ほんと？　うれしい……」

「おれ、いくからね」

「うん。健太お兄ちゃんの精液、わたしにちょうだい」

「う、あああ、イク――」

中枢神経が蕩《とろ》け、目の前に火花が散る。抑えようと思っても肉体の痙攣《けいれん》をとめられず、膝に乗った華奢な肢体をガクガクと揺すりあげる。処女を与えられた感激が、性感をも高めたのか。いや、それだけいいたいけな少女の蜜窟が快かったのだ。

「ううっ、うううッ、出る」

襲来するオルガスムスの高波。めくるめく絶頂が訪れる。これまでの快感をいともあっさり凌駕《りょうが》する気持ちよさに、健太はパニックを起こした。

「うわああああ！」

壊れた機械のように体軀を暴れさせ、欲情の滾《たぎ》りを噴きあげる。

（こんなことって⁉）

それはまさに噴射であった。何度にも分けて放たれるのではなく、熱い滾りがびゅるびゅると断続的に尿道を通過する。体が分解されそうな快感を伴って。

「あう、ううう、すごい――」

「ああッ、健太お兄ちゃんのが……熱いーっ‼」

多量の牡液を小さな身体で受けとめ、あゆみがすすり泣いて悶える。注ぎこまれたものは、おそらく子宮を満杯にしたのではあるまいか。

（嘘みたいだ――）

あまりの気持ちよさに恐怖を覚える。まさに絶頂のハルマゲドン。

長かった射精がようやく終わると、健太は倦怠感と安堵《あんど》の両方にまみれた。

5 何度でも幾度でも

ほんの十秒にも満たない短い時間だと思うが、どうやら意識を失ってしまったようである。

我にかえると、股間に座りこんだあゆみが、がっくりとうなだれていた。彼女も理緒たちのように前後不覚に陥ったのかと、健太は不安に駆られて「あゆみちゃん！」と呼びかけた。

「う、うう……」

短く呻いてから、あゆみはゆっくりと顔をあげた。

「あ、お兄ちゃん……」

「だいじょうぶ?」

「ん――」

自分の状況がわかっていないみたいに周囲を見まわしてから、彼女は《あ、そうか》という表情になった。

「わたし、健太お兄ちゃんと……したんだね」

細身の腰をもぞつかせる。貫かれたばかりの幼膣がキュッと締まり、健太に切ない快さを与えた。それにより、ペニスが強《こわ》ばりを解いていないことを知る。

「健太お兄ちゃんの、まだおっきなまんまだ。すごく硬いよ」

悩ましげに息をはずませ、あゆみは意識してかしないでか、窮屈なところをきゅむきゅむと蠢《うごめ》かせた。

「ああ、あゆみちゃん──」

「あ、でも、ちょっぴりだけ小さくなってるみたい」

ふたりの股間は完全に密着しているから、ペニスがどうなったのか健太の目には見えない。けれど、たしかにさっきまでの切羽つまった感じはなくなり、通常の勃起状態に戻っているようである。

「もう痛くない?」

「……ちょっとピリッとするぐらい」

答えてから、あゆみは恥ずかしそうに頬を赤くした。

「あのね、痛いっていうのよりも、なんかアソコがムズムズするっていうか──」

「え?」

「たぶん、気持ちいいんだと思うの」

目をトロンとさせているところを見ると、どうやら本当に感じているらしい。

(初めてなのに、そんなことってあるのか?)

理緒や沙由美が激しく昇りつめたように、これも巨大化したペニスの作用なのか。

それとも、彼女の肉体の感度がそれだけいいということなのだろうか。

どっちにしろ、あゆみが快さに漂っているのは事実。うっとりした表情は年齢以上の色っぽさで、年上の少年の牡欲を煽《あお》る。

(とにかく無事でよかった)

健太は愛しい《妹》を、いっそう力強く抱きしめた。

「健太お兄ちゃん……」

あゆみも嬉しそうに、胸に頬を寄せる。細い腕を胴にまわしてしがみつくのが可愛らしい。

互いの背中を撫で、愛情を高め合ってから、ふたりは唇を交わした。

「ンふ……」

あゆみが顔を傾《かたむ》け、唇と舌を懸命に受け入れようとするのに、健太は喜びを募らせた。思いもよらなかったかたちで結ばれてしまったが、後悔はない。むしろ、ひとつになれたことをこのうえなく幸福だと感じる。

(これであゆみちゃんは、おれの本当の妹だ——)

普通は恋人だと思うものかもしれない。だが、あゆみが求めていたものは、もっと深い繋がりなのだ。別れたらそれでおしまいという、素っ気ない関係ではない。一生変わることのない、親愛と信頼で結ばれた関係。つまり、兄と妹——。

「お兄ちゃん」

唇をはずすと、あゆみが照れたように甘えてきた。もぞもぞとあどけないヒップをくねらせ、まだ硬いままの若茎を締めつける。なか出しした精液がこぼれてきたのだろう、陰嚢《いんのう》がべっとりと濡れているのに健太は気がついた。

「あゆみちゃん、まだしたい？」

「……うん」

「それじゃ、このまま動いてみて」

抱きついたまま、あゆみが怖ず怖ずと腰を持ちあげ、すぐに落とす。

「はうう－」

華奢《きゃしゃ》な手足が切なげにわなないた。

「痛いの？」

「ううん、気持ちいいの」

言ってから、「やあん」と羞恥に身悶える。

「わたし、初めてのエッチなのにこんなに感じちゃって……恥ずかしい──」

クスンと鼻をすすり、

「健太お兄ちゃん、わたしのこと、エッチな女の子だからって嫌わないでね」

あゆみが涙目で訴える。

「嫌うわけないよ。こんなに可愛くて、お兄ちゃん想いの優しい女の子をさ」

「……ホントに？」

「感じてくれるのだって、おれはすごくうれしいんだぜ。それだけおれたちの相性がいいってことなんだから」

あゆみはようやく安心して、愛らしい笑顔を見せた。

「さ、もっと動いてごらん」

「うん」

対面座位で、少女の身体が上下に揺れる。健太は水着に包まれた彼女のお尻に両手を添え、協力してあげた。

あゆみが泣きそうな声で息をはずませた。

「ああ、健太お兄ちゃん、気持ちいいよぉ」

結合部から、ぬちゅくちゅといやらしい音が間断なくもれる。

「あゆみちゃんのアソコから、エッチな音がしてる」

「やあん。だって、健太お兄ちゃんがいっぱい出したから」

「でもきっと、あゆみちゃんのラブジュースも混じってるよ」

「それは——お兄ちゃんが大好きだから」

しっかりと抱き合い、何度もキスを交わし、悦びを与え合う。身も心も蕩《とろ》けるようたりを包みこんだ。

な一体感に、体温もぐんぐん上昇する。汗ばんだ肌を雫《しずく》が伝い、甘ったるい匂いがふ

(ああ、気持ちいい……)

抽送に慣れた柔膣は、ほどよい締めつけで肉根を摩擦してくれる。ちょうどくびれの当たる部分が狭くなっており、そこがくぽくぽと敏感なところをこすりあげるのに、健太は性感を甘く痺れさせた。

「あゆみちゃん、おれ、またイキそうだよ」

「うん、わたしも——」

あゆみの息づかいも荒くなってくる。

「お兄ちゃんに舐められたときみたいに、身体が浮いてくる感じがする」

「じゃ、一緒に気持ちよくなろうね」

「うん」

あとははずむ吐息《といき》を交わしながら、肉体を絡ませ合う。あゆみの動きに合わせて健太も腰を突きあげ、バージンを捧げてくれた少女に切ない呻きをあげさせる。

ぬちゅっ、くぷッ、ちょぷ——。

「あふっ、あン、はん、あああ」

セックスの濡れ音に同調する子犬のような喘ぎも、快感を高めてくれる。

「ああ、お兄ちゃん……いっちゃいそう」

「うん、おれも」

「ああ、あああッ、ヘンになるぅ」

あゆみがガクンガクンと身を揺すった。

「う、ううう、イク——飛んじゃううぅ！」

ひっしと縋《すが》りついてきた身体が強《こわ》ばり、ペニスを呑みこんだ狭窟がむぐむぐと蠕動《ぜんどう》する。まるで牡のエキスを絞り取るかのように。

「うお、出る」

健太がたまらず精を噴きあげた途端、あゆみは「はああッ!!」と甲高《かんだか》い声をあげ、身体を弓なりにした。


オルガスムス後の気怠さに包まれたまま、健太とあゆみは抱き合っていた。敏感になった肌を撫で合い、快感の名残《なごり》に漂う。

ペニスはゆっくりと萎えてゆくようであった。薬草の成分も抜けたらしい。

(でも、ちょっと惜しかったかな……)

あんな苦しい思いをしなくてすむのなら、あの巨根もなかなかいいものかもしれない。なにしろ、妹たちを失神させるほどに悦ばせることができるのだから。

(いや、でも、気持ちいいからってペニスを取り合ったり、しつこく求めてくるに違いないぞ)

セックスをめぐっての姉妹のいざこざは、もう勘弁してもらいたい。

「お兄ちゃん……」

つぶやいたあゆみが顔をあげ、まっすぐに見つめてくる。澄んだ瞳に心打たれ、健太が唇を重ねようとしたとき、

「ううー、なんだったの、あれぇ」

「あー、まだ腰がガクガクするよぉ」

せっかくの雰囲気をぶち壊すような声が聞こえた。つづいて、

「え、なにやってるの?」

「ああー、健兄ちゃんとあゆみちゃんがっ!」

「うそぉッ!!」

素《す》っ頓狂《とんきよう》な悲鳴に振り向くと、身を起こした理緒と沙由美が、鬼の形相《ぎようそう》でこちらを睨みつけていた。

エピローグ

いもうとからの手紙

健太お兄ちゃん、お元気ですか。わたしは元気です。三学期がはじまってから、また雪がたくさん積もりました。毎朝寒くて大変だけど、ちゃんと起きて学校に通ってます。でも、このあいだ寝坊して、もうちょっとでバスに乗り遅れるところでした。

そちらは、そんなに雪は降らないんですよね。うらやましい気もするけれど、でも、雪でいろいろと遊ぶこともできるし、前向きに楽しむことにしています。

健太お兄ちゃんに言われたように、自分から話しかけるようにしたおかげで、学校でも友達ができました。親しい子はまだ三人ぐらいだけど、もっとたくさんの子たちとも仲良くできるようにしたいです。

あ、でも、ボーイフレンドはいりません。わたしには、健太お兄ちゃんだけが大切なひとなんですから。

ところで、あの薬草のことですけど、定治さんの話だと、あれの効果は男のひとだけじゃなくて、相手の女性のほうにも出るみたいです。パパがあれを飲んだ日には、ママもいつもよりその気になっちゃうとかで、それでわかったって言ってました。

どうしてそうなるのかまではわからないということだけど、たぶん薬草のエキスがオチン×ンからにじみでるんじゃないかしら。あの透明なお汁に混じって(なお、これはわたしの想像です)。だから、あのとき沙由美姉ちゃんや理緒お姉ちゃんがあんなにエッチになっちゃったのは、たぶん薬草のせいもあったんだと思います。それから、わたしが初めてなのに気持ちよくなったのも。

健太お兄ちゃんが帰るまで、いっぱいエッチできたことが、とてもうれしかったです。沙由美姉ちゃんや理緒お姉ちゃん、紗奈ちゃんからもたくさん気持ちよくしてもらえて、いい思い出になりました。紗奈ちゃん、わたしより年下なのにすっごくエッチで、ひとりで宿に残るために仮病なんか使ったのにもびっくりさせられちゃったけど、まだバージンなんですよね。やっぱり健太お兄ちゃんが初めてのひとになってあげるんですか? たぶん紗奈ちゃんは、そのつもりでいると思います。

今度はわたしも、健太お兄ちゃんたちのところに遊びに行きます。そのときはまた、みんなといっぱい気持ちいいことができたらいいな。あ、恥ずかしいこと書いちゃった。この手紙は、絶対に誰にも見せないでね。

では、まだ寒い日がつづくと思いますが、風邪などひかないように。わたしは、お天気のいい日は毎晩、露天風呂で星空を見あげて、みんなの健康を祈っています。
では、さようなら。

佐伯あゆみ

大好きなわたしのお兄ちゃんへ

追伸　この手紙を書いてからトイレに行ったら、居間でパパとママが話している声が聞こえました。どうやら赤ちゃんができたみたいです。うれしー。わたしにも弟か妹ができるんです。
どっちかっていうと、妹がいいかな。そうしたら、健太お兄ちゃんと一緒にエッチができるから。あ、だけど、その子がわたしぐらいの年になる頃って、健太お兄ちゃん、もう三十歳なんだよね。うーん、そうすると犯罪になっちゃうかなあ。でも、そのときだけロリコンになっても、わたしは許してあげるからね。

あゆみからの手紙を読み終え、健太は微笑した。
(そっか。あゆみちゃん、お姉さんになるのか)
いかにも妹タイプという彼女が姉というのは、なんとなくそぐわない感じだ。けれど優しい子だから、きっと面倒見のいいお姉ちゃんになるだろう。

（あゆみちゃん、いい子だものな、うん）

それは理緒も沙由美も、ちゃんとわかっていたのだろう。あのとき、あゆみが健太にバージンを捧げたことを知って、さすがにふたりは怒りをあらわにした。

『なに考えてるのよ、健太は!!』

『あんなオチン×ンでバージンを破るなんて、信じられないッ』

矛先《ほこさき》がこちらに向けられたものだから、健太はあわてた。けれどあゆみが、

『健太お兄ちゃんが悪いんじゃないの。わたし、健太お兄ちゃんのことが大好きだから、理緒お姉ちゃんや沙由美姉ちゃんみたいになりたかったの！』

真剣に想いを訴えたことで、ふたりはすぐに納得した。

『それじゃ、あゆみちゃんも理緒たちの妹だね』

『うん。これからもよろしくね』

笑いかけ、年下の少女の頭を撫でてあげる。新しい妹ができたことを、心から喜んでいるようであった。

（でも、あゆみちゃんに一番なついたのは、紗奈ちゃんだったよな）

ひとりだけ宿に残るため、紗奈は高熱を出した振りをしたのだが、よもや仮病とは思わなかったあゆみは、一晩中彼女の看病をした。あとで嘘だとわかったときにも、

少しも怒ったりしないどころか、

『よかった……』

と涙ぐんだほどだ。それで紗奈も心打たれ、だからあんなにあゆみを慕ったのだろう。ひとつ違いの従姉を、本当の姉のように。

宿に滞在していた間、露天風呂や部屋で、毎晩のようにみんなと抱き合ったときもそうだった。あの薬草のおかげで、健太は疲れ知らずでみんなの相手ができたのであるが、理緒や沙由美とセックスしているあいだ中、紗奈はあゆみにべったりとくっついていた。姉たちのよがるさまを見物しながら、ねちっこい愛撫を交わしていたようである。ふたりの喘ぎやよがりは、健太の耳にも届いた。

あゆみが初めてフェラチオをしたときにも、紗奈は寄り添ってレクチャーした。口のなかに発射された精液を唇を交わし、分け合って呑んだりもした。

帰る前の晩、ふたりは一緒の布団で寝ていた。そのときに、紗奈はあれこれ打ち明けたのではあるまいか。そんな彼女たちを、理緒も沙由美もほほ笑ましげに見つめいた。

（あゆみちゃんもそうだけど、理緒も沙由美ちゃんも紗奈ちゃんも、みんないい子だよな。とても可愛くて、きょうだい思いで――）

困らされたこともあったけれど、それも含めて愛しいと思う。ひとりひとりの顔を思い浮かべるだけで、優しい気持ちになれる。

(ようするに、おれには最高の妹が四人もいるってことなんだな)

ひとりは違う場所にいるものの、みんながみんな、かけがえのない存在であることに違いはない。

(ここにあゆみちゃんがいないのはちょっと寂しいけど、理緒に沙由美ちゃん、紗奈ちゃんだっているんだから――)

あゆみには、ぜひ遊びに来てもらいたい。そして、こちらからもまた訪ねていきたいと思う。彼女に弟か妹が誕生した暁《あかつき》には、お祝いに駆けつけよう。

(だけど、本当に妹が生まれたら、あゆみちゃん――)

手紙の追伸を読みかえし、なんとも複雑な気持ちになる。本気とも冗談ともつかない文面だが、少なくともこれを書いたときの彼女の心境そのものなのだろう。

(ま、そのときはそのときか)

何事もなるようにしかならないんだからと、ひとりうなずいた健太は、

(だけど、あれはなんだったのかなあ……)

この手紙と一緒に届いた妹たち宛の小包の中身が、ふと気になった。


「ああ、これこれ」

「懐かしいね……うーん、いい香り」

「本当にこれを使えば、健兄のペニスはもっと大きくなるの？」

「そりゃもうすごいんだから。倍ぐらいになっちゃうんだよ」

「でも、みんなでしてたときも、健兄、これを使ってたんでしょ？　たしかに元気ビンビンだったけど、サイズはいつものままだったよ」

「あれは使う量をセーブしてたからよ。健兄ちゃん、いくら頼んでも、たくさん飲むのはいやがってたし」

「ふうん。だったらこれ、どうやって飲ませるの？」

「そこは頭を使わなくっちゃ——」


その晩、土曜日でもないのに、妹たちが三人そろって部屋を訪れた。

「ねえ、健兄ちゃん、みんなでクッキー作ったの。味見してくれる？」

沙由美が代表して、お皿に盛られたクッキーを差しだす。

「へえ、珍しいこともあるもんだ。ふうん、見た目はよくできてるじゃないか。でも、色が変わってるなあ」

「ヘルシーにってことで、野菜のクッキーにしたの」

「健兄、この赤いのがニンジンのクッキーだよ」

「緑色のがホウレン草。特にこのホウレン草のやつが自信作なんだ」

「どれ……うん、うまいよ。あっさりした甘さだから、いくらでも食べられそうだ。でも、このホウレン草のやつ、なんだか懐かしい香りがするなあ——」

そのとき、自身の肉体に生じた変化に、健太は狼狽《ろうばい》した。手にしたクッキーのかけらを床に落とし、がっくりと膝をつく。

（こ、これは——）

「あれー、お兄ちゃん、どうしたの？」

「具合でも悪いの？」

どこかわざとらしい声がかけられる。三人を見あげた健太は、ニヤニヤと笑みを浮かべる妹たちに、すべてを悟った。

「おおお、お前らーッ!!」

「よぉし、これで今夜はたっぷり愉しめるよ」

「健兄ちゃん、いっぱい気持ちよくしてね」

「ああ、でも、ボクだけバージンだから仲間はずれじゃないかー」

「くっそぉ、お前ら、ひとのカラダをオモチャにしやがってー!!!」

かくして、妹たちとの夜は更けてゆく。

CHU

美少女文庫
FRANCE SHOIN

いもうと温泉《おんせん》！

著者／橘 真児（たちばな・しんじ）
挿絵／ごまさとし
発行所／株式会社フランス書院
〒112-0004 東京都文京区後楽 1-4-14
電話（代表）03-3818-2681
（編集）03-3818-3118
URL http://www.bishojobunko.jp

印刷／誠宏印刷
製本／宮田製本

ISBN978-4-8296-5824-6 C0193